edition suhrkamp 2526

Fact or fiction? Das ist, wie so oft, die Frage. Und sie war das Thema der Heidelberger Poetik-Dozentur, die Louis Begley 2006 innehatte. Daß sein erster Roman *Lügen in Zeiten des Krieges*, mit dem er auf Anhieb einem internationalen Publikum bekannt wurde, ein autobiographischer Roman sei (und sein jüngster Roman, *Ehrensachen*, seine Fortsetzung), würde der Autor vehement bestreiten. Er würde vielmehr betonen, daß er keinen seiner Romane je hätte schreiben können, ohne sich seiner eigenen Erfahrungen zu bedienen. Seine Überlegungen illustriert Begley anhand einer bisher unveröffentlichten Kurzgeschichte.

Über die Vorlesungen schrieb die *Frankfurter Allgemeine Zeitung*: »Fern von dem Anspruch, das komplexe und wechselseitige Verhältnis von Fakten und Fiktionen abstrakt zu erörtern, spricht Begley mit angelsächsischer, fußnotenfreier Souveränität über seine und andere literarische Figuren, wie sie es verdient haben: von Mensch zu Mensch.«

Louis Begley, 1933 in Polen geboren, studierte Literaturwissenschaft und Jura in Harvard und arbeitete von 1959 bis 2004 als Anwalt. Bei Suhrkamp erschienen zuletzt: *Venedig unter vier Augen* (mit Anka Muhlstein, 2005) und der Roman *Ehrensachen* (2007).

Louis Begley
Zwischen Fakten und Fiktionen

Heidelberger Poetikvorlesungen

Aus dem Amerikanischen
von Christa Krüger

Suhrkamp

Die Erzählung »Epithalamion 2004: Eine Fabel« erschien 2006 unter dem Titel »Epithalamion 2004. A fable« in der von Chris Knutsen und David Kuhn herausgegebenen Anthologie *Committed: Men Tell Stories of Love, Commitment, and Marriage* bei Bloomsbury USA.

edition suhrkamp 2526
Erste Auflage 2008

Originalausgabe

Satz: Jung Crossmedia Publishing, Lahnau
Druck: Druckhaus Nomos, Sinzheim
Umschlag gestaltet nach einem Konzept von Willy Fleckhaus: Rolf Staudt
Printed in Germany
ISBN 978-3-518-12526-7

1 2 3 4 5 6 – 13 12 11 10 09 08

Inhalt

Für Anka

I. Autobiographie oder Roman

Erste Vorlesung

Die Grenze zwischen Fakten und Fiktion in der Literatur ist seit jeher durchlässig wie alle Grenzen. Daniel Defoe, Journalist, ehemaliger Spitzel, Abenteurer und Romancier, veröffentlichte 1719 mit neunundfünfzig Jahren seinen ersten Roman, *Robinson Crusoe*, das Buch, das zugleich der erste in englischer Sprache verfaßte Roman überhaupt war. In der Vorrede wird ausdrücklich betont: »Der Herausgeber hält das Ganze für den getreuen Bericht wirklicher Begebenheiten und kann keine Anzeichen einer freien Erfindung darin erblicken.« Defoes Name stand weder auf dem Buchdeckel noch auf den Innenseiten. Und doch war diese Geschichte von den Nöten eines neunzehnjährigen Ausreißers, der zur See fährt, Schiffbruch erleidet und achtundzwanzig Jahre lang auf einer menschenleeren Insel lebt, reine Erfindung. Als Quelle für den Roman nutzte Defoe den Bericht eines wirklichen Schiffbrüchigen: Alexander Selkirk, der 1704 auf einer unbewohnten Insel im Pazifik ausgesetzt worden war und fast fünf Jahre später gerettet wurde.

Defoe hatte Mühe, einen Verleger für *Robinson Crusoe* zu finden; als es ihm schließlich gelang, wurden ihm nur zehn Pfund Sterling für das Manuskript gezahlt. Daß die Leser glaubten, *Crusoe* sei ein »Bericht wirklicher Begebenheiten«, trug entscheidend zum frühen Erfolg des Romans bei und wahrscheinlich auch zu seiner bis heute anhaltenden Beliebtheit; seit fast dreihundert Jahren war das Buch nie vergriffen. Hätte Defoe darauf bestanden, daß sein Name auf den Buchdeckel gesetzt würde, und hätte er zugegeben, daß die Geschichte erfunden war, wäre *Robinson Crusoe*

vielleicht gar nicht erst erschienen oder bald in Vergessenheit geraten. Cervantes, dessen *Don Quixote* fast 120 Jahre früher – 1605 – veröffentlicht wurde, griff zu einer ähnlichen List. Im ersten Teil des *Don Quixote* erzählt er uns, er habe die Hefte mit den in arabischer Sprache aufgezeichneten Abenteuern des Ritters von la Mancha auf einem Marktplatz in Toledo gefunden und übersetzen lassen. Das Buch fand sofort reißenden Absatz und wird wie *Robinson Crusoe* bis heute gelesen. Wie viele Leser wirklich geglaubt haben, Geschichten von wahren Abenteuern vor sich zu haben, steht natürlich auf einem anderen Blatt.
Autobiographien, Lebenserinnerungen und Bekenntnisse verschiedener Art verkaufen sich noch immer besser als Romane, trotz *Harry Potter* und *Sakrileg*. Sogar in erklärtermaßen ausgedachten Geschichten suchen Leser und Kritiker »Wahrheit«, und in einem Roman gilt ihnen als Wahrheit, was immer sie als Teil der Biographie des Autors zu erkennen glauben. Nach dieser Wahrheit fahnden sie auch dann, wenn ein Buch statt der Wahrheitsbeteuerungen in *Robinson Crusoe* eine Vorbemerkung enthält, die das Gegenteil erklärt, wie zum Beispiel der Vorspann, den ich in einer neuen Taschenbuchausgabe von *Wartime Lies* [*Lügen in Zeiten des Krieges*] gefunden habe:

> »Dies ist eine erfundene Geschichte. Namen, Personen, Schauplätze und Ereignisse sind Phantasieprodukte des Autors oder in den Rahmen der Fiktion gestellt. Jede Ähnlichkeit mit tatsächlichen lebenden oder toten Personen, Vorfällen oder Orten ist rein zufällig.«

Hätten Kritiker und Leser akzeptiert, daß mein Roman *Lügen in Zeiten des Krieges* eine erfundene Geschichte ist, wenn die Erstausgabe des Buches eine solche Vorbemerkung enthalten hätte? Oder wären sie trotzdem beharrlich bei der Meinung geblieben, ich sei »der Mann mit dem freundlichen Gesicht und den traurigen Augen«, dessen Vorwort den Rahmen der Erzählung bildet; der Junge Maciek sei ein Spiegelbild meiner Kinderjahre und seine wunderbare Tante Tanja meine Mutter? Ich glaube, ein Vorspann, der meine Leser darauf aufmerksam gemacht hätte, daß sie eine erfundene Geschichte vor sich haben, hätte nicht viel geändert: Reduziert man Tanjas und Macieks Lebenslauf im Krieg auf seine Grundelemente, stimmt er weitgehend mit dem überein, was meine Mutter und ich erlebt haben. Das hindert Leser daran, die Wahrheit hinzunehmen, daß der kleine Junge und seine Tante Romanfiguren sind. Hinderlich mag auch sein, daß ich die Geschichte glaubwürdig erzählt, das heißt, wirklichkeitsnah erfunden habe. Das war natürlich mein Ziel. Mein neuer Roman *Matters of Honor* [*Ehrensachen*] erschien ebenfalls mit der Vorbemerkung, daß Personen und Handlung frei erfunden seien. Wahrscheinlich wird sie Leser nicht von dem Kurzschluß abhalten, daß ich wieder einmal eine Fortsetzung meiner Autobiographie geschrieben habe. Die Schauplätze der Handlung: zuerst das Harvard College, an dem ich studiert habe, und später New York und Paris, wo ich gelebt habe; der Beruf des Protagonisten Henry – er ist, wie ich, Jurist und Absolvent der Harvard Law School – und die Tatsache, daß Henry ein Jude ist, der in Polen den Krieg überlebt hat, all diese Parallelen werden Leser in ihrer Vermutung bestärken. Trotzdem ist *Ehrensachen* genau wie *Lügen in Zeiten des Krieges* ganz entschieden eine erfundene Geschichte.

Als eine Journalistin den Protagonisten meines Romans *Schiffbruch*, John North, den Schriftsteller, der für ihren

Tod gegen Ende des Romans eine gewisse Mitverantwortung tragen wird, gleich zu Beginn in einem Interview mit der Frage bedrängt, ob sein neuer Roman autobiographisch sei, kämpft er mit dem Problem der Abgrenzung von Fiktion und Fakten. Er erklärt ihr:

> »Alles mögliche Zeug sammelt sich im Inneren eines Romanciers an [...], auch manches, das er dort erst beim Schreiben entdeckt [...]. Hat der Romanschreiber dann ein Thema gefunden [...], ein Thema, welches ihn anzieht, so daß er ein Buch beginnen möchte, dann bearbeitet er die gesammelten Flicken und Schnipsel, bis sie brauchbar [...] sind und wie Wäsche auf die Leine seiner Geschichte gehängt werden können. Kleidungsstücke aus Worten, Stück für Stück, Wort für Wort, Satz für Satz zurechtgeschneidert [...], mein neuer Roman ist, genau wie seine Brüder und Schwestern, autobiographisch nur in einem bestimmten Wortsinn: Er ist aus dem Zeug gemacht, das sich nach und nach in mir abgelagert hat. Aber meine Romane handeln nicht von mir, und keiner von ihnen ist die Geschichte meines Lebens.«

Auch keiner von meinen Romanen ist die Geschichte meines Lebens, aber ich möchte ein Experiment wagen und werde zu diesem Zweck viel freizügiger als John North preisgeben, wie ich in meinen Büchern Material aus meinem Leben verwendet habe. Dieses Experiment birgt Gefahren: Womöglich bleibt nur wenig von der Zauberkunst des Illusionisten, wenn er, sobald der Vorhang sich hebt und die Bühnenbeleuchtung eingeschaltet ist, seine Tricks verrät. Außerdem muß ich zugeben, daß ich mit diesem Experiment eigentlich eine Wette gegen mich selbst abschließe. Da ich überzeugt bin, daß die Kenntnis der autobiographischen Elemente eines Romans dem Leser kaum mehr Freude an dem Buch verschafft, sondern eher Schaden anrichtet, weil sie seine Aufmerksamkeit vom Werk auf die Person des Autors lenkt, kann ich nur hoffen, daß meine nun folgenden Bekenntnisse zwar interessant für jemanden sein mögen, der mehr über mich wissen möchte, aber wenig oder nichts zu Ihrem Vergnügen oder Ihrem Verständnis meiner Texte beitragen werden.

Der Roman *Lügen in Zeiten des Krieges* ist ein leichter Fall. Obwohl er eine Geschichte erzählt, die meiner eigenen sehr ähnlich ist – soweit ich sie über die lange Zeit bis 1989, als ich das Buch schrieb, noch im Gedächtnis hatte –, waren meine Erinnerungen an frühe Kindheit und Krieg so spärlich, daß sie nicht genug Stoff für Memoiren hergaben. Wenn ich die Geschichte überzeugend erzählen wollte, mußte ich die Erinnerungen mit meiner Einbildungskraft verdichten und umwandeln. Tanja habe ich erfunden, weil ich über meine Mutter nicht ohne Hemmungen hätte schreiben können, solange sie am Leben war, und weil ich für eine Zeit des beispiellosen Grauens und des Umsturzes eine Heldin brauchte, die anders war als meine Mutter – eine Heldin in der Größenordnung von Stendhals Herzogin von Sanseverina und Pasternaks Lara. Meine Erinnerung an den kleinen Jungen, der ich war, ergab ein für meine Zwecke zu verschwommenes Bild; seine Konturen mußten schärfer gezogen und seine Farben kräftiger werden. Nur den Großvater in *Lügen in Zeiten des Krieges* habe ich so genau nach meinem Erinnerungsbild gezeichnet, wie ich konnte. Macieks Vater hat nur schwache Ähnlichkeit mit meinem Vater, soweit ich ihn aus jener lange vergangenen Zeit noch im Gedächtnis hatte. Ein Kindermädchen wie Zosia mit dem gol-

denen Haar hatte ich nicht; sie ist eine erotische Phantasie, ein Zugeständnis an die Nostalgie.
Viele Details im Roman habe ich allerdings unmittelbar aus meiner eigenen Erfahrung übernommen. Zum Beispiel den Marsch der Juden von T. auf den Bahnhof und in die Vernichtung; die Episode in Lwów, als Maciek die große Spinne an der Wand zerquetscht und unmittelbar danach die Nachricht erhält, daß seine Großmutter erschossen wurde; die Begegnung mit der Gestapo, der Tanja und Maciek mit knapper Not entrinnen, bevor sie nach Warschau weiterfliehen; Tanjas und Macieks Zimmernachbarn bei Pani Z., die sich am Anblick des brennenden Ghettos erfreuen; bestimmte Vorfälle in Pani Dumonts Wohnung; Macieks Erstkommunion; seine Spiele mit Bleisoldaten in Lwów und Warschau; der ständige, gemeinsam mit Tanja geführte Krieg gegen die Wanzen; die Szene in der Wohnung des Großvaters, als die Polizei Pani Basia erpreßt und um Haaresbreite Tanja und Maciek entdeckt hätte; das Fleisch, das Tanja auf dem Schwarzmarkt kauft und für Schweinebraten hält, um später zu entdecken, daß es Menschenfleisch war; vieles von dem, was während des Aufstands in Warschau geschieht, etwa der Marsch zum Hauptbahnhof, der Anblick des deutschen Offiziers, der ein Baby in ein Kanalloch wirft; und Tanjas Heldentat (etwas abweichend von der meiner Mutter im wirklichen Leben), die ihr und Maciek die Fahrt mit dem Zug nach Auschwitz erspart; bestimmte Szenen des Landlebens; und viel von der Befreiung in Kielce. Genauso wichtig: Die Romanform und die Freiheit zur Erfindung, die sie gewährt, boten mir die psychische Abschirmung, durch die es mir überhaupt möglich wurde, Themen in Angriff zu nehmen – die Auslöschung der Juden in Polen ist nur eines davon –, die ich sonst für unzugäng-

lich, wenn nicht sogar verboten gehalten hätte. In dieser Hinsicht waren meine Bedürfnisse und meine Strategie diametral entgegengesetzt zu dem, was Jerzy Kosinski vorhatte, der sein Buch *The Painted Bird* [*Der bemalte Vogel*] 1965 als Roman veröffentlichte, um später, obwohl die Geschichte eindeutig und nachweislich zu einem großen, wenn nicht dem größten Teil erfunden war, beharrlich zu behaupten, er habe in diesem Buch seine tatsächlichen Erlebnisse während des Krieges geschildert.

Soviel zu *Lügen in Zeiten des Krieges*; nun betrachte ich – mit den Worten John Norths – die Brüder und Schwestern dieses Romans in chronologischer Reihenfolge. Sollten meine Enthüllungen enttäuschend sein und die Tatsachen neben den Erfindungen blaß wirken, wäre das ein Beweis für die Klugheit von André Gides Diktum, das North in seiner wilden Tirade zitiert: Wir kommen der Wahrheit nie näher als in erfundenen Geschichten.

Der Mann, der zu spät kam, mein zweiter Roman, ist ein wüstes, ungebärdiges Buch, das ich auch als Reaktion auf die harte Arbeit schrieb, die mir *Lügen in Zeiten des Krieges* abverlangt hatte, bis ich die Reinheit der Sprache und des Tons ebenso wie die Knappheit im Ganzen erreicht hatte. Mein Vorbild dafür war Madame Lafayettes *Prinzessin von Clèves* gewesen, die 1678 verfaßte Erzählung vom Leben am Hof Heinrichs II., ein vollkommener kurzer Roman. Seine Verbindung zu meinem Buch besteht ausschließlich im Stil, und selbst diese Verbindung nehme nur ich allein wahr. Als ich *Der Mann, der zu spät kam* schrieb, waren meine Leitsterne zwei Bücher, die beide sehr verschieden von *Prinzessin von Clèves* sind und wenig miteinander gemeinsam haben: Pierre Jean Jouves 1924 geschriebener Roman *Die leere Welt* und *Gefährliche Liebschaften* von Choderlos de Laclos, das 1778 erschien. Mein Protagonist Ben ist ein jüdischer Flüchtling aus einem nicht näher bezeichneten mitteleuropäischen Land, der nach dem Ende des zweiten Weltkriegs in die Vereinigten Staaten kommt. Ben ist wie ich sehr angetan von Jouves Romanwerk: Er versteht *Die leere Welt* als Metapher, die sein eigenes Gefühl, verdorben worden zu sein, zum Ausdruck bringt; Jacques de Todis Selbstmord in Jouves Roman ist eine Vorankündigung von Bens eigenem Ende. Jouve war mein Vorbild, als ich Beschreibungen verknappte, an bestimmten Punkten der Erzählung ein stakkato-artiges Präsens verwendete und den Roman im Galopp vorantrieb. Das sardonische Lachen, das man im *Mann, der zu spät kam* hört, kommt von mir und auch von Jouve. Laclos wie Jouve machten mir Mut zur deutlichen Schilderung erotischer Szenen – aber ich bin nie so weit gegangen wie Jouve, dessen brillante Novelle *Dans les années profondes* wie einige seiner kurzen Prosastücke Meisterwerke der erotischen Literatur sind.

Viele Leser meinten, Ben sei mir ähnlich: Wir sind beide Flüchtlinge, waren beide am Harvard College und machten danach parallel verlaufende Karrieren, er an einer eleganten Investmentbank an der Wallstreet, wo er, in seinen eigenen Worten, der Alibi-Jude war, und ich in einer eleganten Kanzlei in derselben Straße. Wir wurden beide in die Pariser Filialen unserer Firmen versetzt. Andere Übereinstimmungen: Ben ist aus der Bahn geworfen wegen seiner Scheidung, die ihn nicht nur von seiner früheren Frau getrennt hat, sondern auch von deren Zwillingstöchtern, an denen er sehr hing. Meine Ehe war in Scherben, bevor ich in den sechziger Jahren nach Paris ging, und ich quälte mich mit dem Gedanken, meine drei Kinder verlassen zu haben. Ben hat nach seiner Scheidung viele Affären, von denen eine, mit Véro-

nique, skandalös und tragisch ist. Ich lebte in der entsprechenden Phase meines Lebens auch nicht wie ein Mönch und verliebte mich einmal heftig; die Beziehung endete schlimm, aber keineswegs so dramatisch wie die zwischen Ben und Véronique.
Das Modell für Véronique war keine Französin. Ich habe sehr darauf geachtet, ihre Identität zu kaschieren, aber ich nehme an, als sie meinen Roman las, hat sie sich in dem verfremdeten Porträt wiedererkannt. Ihre Begegnung mit dem Schweizer, der sie auf dem Flug von Genf nach Paris belästigt, ist frei erfunden. Hat sie eine Quelle? Ja, die Geschichte, die mir eine andere Dame in meinem Leben einmal erzählte: Sie sei in einem Flugzeug nach London von einem nigerianischen Minister bedrängt worden und habe im Flughafenhotel eine Nacht mit ihm verbracht. Die Szene, die ihr Ehemann meiner Freundin machte, ist Material für das Theater, das Véroniques Mann Paul Decaze aufführt, als er entdeckt, daß Véronique eine Affäre mit Ben hat. Ein Detail mag für Leser interessant sein, die genauer darauf achten, wie das Mosaik eines Romans zusammengesetzt ist. Véronique hat verstörende, vielleicht psychotische Züge: Noch als sie erwachsen war, wurde sie regelmäßig von ihrer Mutter mit einer Reitpeitsche oder einem Kleiderbügel so geschlagen, daß häßliche Striemen zurückblieben. Sie erzählt Ben davon, und aus dem Ton ihres Berichts sowie anderen Warnzeichen erkennt Ben ihre labile Verfassung oder Schlimmeres. Womöglich genießt sie es, geschlagen zu werden. Auch dafür gibt es eine Quelle: Eine junge Französin erzählte mir, daß sie von ihrer Mutter genauso geschlagen wurde. Ich nahm also die erschreckende Geschichte einer Bekannten – mit der ich eine kurze Affäre hatte – und dichtete sie Véronique an, deren Modell nichts dergleichen er-

lebt hat. Aber ein Instinkt sagte mir, daß zu meiner erfundenen Véronique perfekt passen würde, was meine französische Freundin mir erzählt hatte. Ich folgte diesem Instinkt, habe jedoch in Wirklichkeit nichts für sadomasochistische Spiele übrig und verabscheue die Pornographie mit ihren mechanischen, eintönigen und ermüdenden Praktiken, pünktlich wie Kuckucksuhren – ich halte sie für eine Antithese zur Lust.

Zurück zu den Mosaiksteinchen: Für mein Porträt des Erzählers Jack, der ein braver, solider Mann mit Illusionen über sich selbst ist, lieh ich mir nur die »Form«, wie Henry James sagte, die Form eines Mannes, mit dem ich damals eng befreundet war, vor allem die unsägliche Selbstsicherheit, wenn nicht sogar Selbstgefälligkeit eines typischen WASP aus sehr guter Familie. Jacks Frau Prudence ist eine reine Erfindung. Cockney, eine von Bens gelegentlichen Geliebten, ist das naturgetreue Abbild einer französischen *petite camarade* aus meiner Vergangenheit, und Guy Renard, der charmante, subtile Franzose, der Bens Freund wird, ist das Porträt eines Mannes, mit dem ich in Paris befreundet war und bin. Derselbe Mann kommt übrigens in *Schiffbruch* wieder vor, als der mit John North befreundete Kunsthändler. Dolores, die Ben aus geschmacklosen Gründen Do nennt, gab es wirklich, aber ihre Wohnung war an der Place du Palais Bourbon und nicht im Palais Royal, und tatsächlich machte mich ein New Yorker Zahnarzt bei einem Parisbesuch mit ihr bekannt – meine Mutter, nicht ich, gehörte zu seinen Patienten, und er ist schon lange tot. Im Gegensatz zu Ben ließ ich ihn allerdings nicht bei mir wohnen. Die Szenen in Japan, besonders die Beschreibung der Arbeitsbesprechungen und der japanischen Mandanten, sind Satiren – genauso wie die Beschreibung von Thomas Mistlers

Aufenthalt in Japan in *Mistlers Abschied.* Die Szene in Brasilien, als Ben an der Copacabana viel zu weit hinausschwimmt und beinahe Selbstmord begeht, ist reine Erfindung. Die Walpurgisnacht in Rio zur Feier von Bens Erfolg, in deren Verlauf er dem Nazi-Zahnarzt und Teilzeitzuhälter begegnet, basiert auf einer tatsächlichen Begebenheit, die so sonderbar war, daß ich im Rückblick nicht mehr weiß, ob ich sie mit vielleicht nur eingebildet habe. Der Rest der brasilianischen Episode muß zweigeteilt werden: Ich war ein paar Tage am Strand der Bucht von Angra in derselben Umgebung wie Ben auf seinem Ausflug, aber ich war allein.

Mein dritter Roman *Wie Max es sah* ist genausowenig wie die *Schmidt*-Romane, *Mistlers Abschied* und *Schiffbruch* eine Umsetzung meiner Lebensgeschichte. Aber in diesen Büchern steckt viel Material aus meinem Leben – manches davon nur Nippes, anderes durchaus nicht trivial, sondern voller Bedeutung –, das ich beim Schreiben transformiert habe. Der schöne junge Toby zum Beispiel, den Max sieht, als er zum Schwimmbecken der Villa am Comer See spaziert, und der ihm später Unterricht im Backgammon gibt, hatte zwei Modelle: zum einen eine sehr junge Frau, die an einem Pool in den Berkshires vergeblich versuchte, mir das Spiel zu erklären; zum andern und viel wichtiger, einen jungen Mann, der wie Toby an AIDS starb. Das schöne junge Mädchen hatte einige Jahre im Libanon gelebt; dieses Detail eignete ich mir an und spann daraus die Geschichte von Tobys Vater, der von Beirut aus mit den Saudis Handel treibt; Tobys verrückte Mutter dagegen, die aus dem Fenster auf das Glasdach eines Wintergartens sprang, ist pure Erfindung, einschließlich ihrer Teilnahme an Tobys Begräbnis, als sie lächelnd im Rollstuhl sitzt und nicht versteht, was vorgeht. Diese Mutter und ihre Wärterin zwangen sich mir beim Schreiben auf. Für sie gab es keine Vorbilder. Die Joyces, der pensionierte amerikanische Diplomat und seine Frau, die Eigentümer der Villa La Rumorosa, sind einem ähnlichen Paar nachempfunden, dessen Haus auf der griechischen Insel Spetsai Feriengästen der High-Society und anderen Berühmtheiten offenstand. Die wundersame Szene im Bostoner Ritz – Max' Besuch bei seiner reichen Verwandten, die ihm ihr Vermögen vererben wird, worauf er zu seiner Überraschung am bargeldlosen Wohlleben der Reichen teilnehmen kann – basiert auf einem Vorfall, der sich ereignete, als meine Kinder ihre Urgroßmutter mütterlicherseits besuchten, die in diesem Hotel wohnte. Mein jüngerer Sohn aß nach und nach alle Pfefferminzpralinen aus einer kleinen silbernen Schale auf der Anrichte. Als seine Mutter ihn tadelte, antwortete er so laut, daß sogar die taube alte Dame es hören konnte: Das ist schon in Ordnung; Großmama ist noch nicht tot; sie kann sich neue holen.

Sind dies wirklich nur Trivialitäten oder mehr? Wo habe ich Charlie Swann gefunden, diesen herrlich exzentrischen Architekten und Tobys Erastes? Hier habe ich Elemente verschmolzen, die ich an drei Männern beobachtet habe. Der erste war ein enger Freund von mir, ein genialer Künstler, tatsächlich der wesentlich ältere Liebhaber eines jungen Mannes, der an AIDS starb. Der ältere Mann infizierte sich nicht; er pflegte seinen kranken Toby liebevoll wie ein Vater und verzweifelte nach dem Tod des Jungen. Dieses Paradox, daß der Ältere der Infektion trotzte und der junge Mann ein qualvolles Ende nahm, sehr ähnlich wie das Ende Tobys im Roman, hat mich dazu getrieben, das Buch zu schreiben. Nichts in Charlies Persönlichkeit und Erscheinung gleicht dem genialen Erastes – außer der Homosexualität und der Zärtlichkeit. Modell für fast alle seine Eigenarten war ein

Klaviervirtuose, ebenfalls ein Homosexueller, außerdem ein vielseitig gebildeter, Mann, ein brillanter Kopf und eine erbarmungslose Heimsuchung für Dummköpfe. Der Pianist war Kettenraucher und ein ausgezeichneter Koch: Das Schauspiel, das Charlie Swann bietet, wenn er mit seinen nikotingelben Fingern chinesisch ißt und »das Tischtuch in ein düsteres Jackson-Pollock-Bild« verwandelt, dessen Farbe »am dicksten in der Umgebung von Charlies Teller aufgetragen war«, hat viel Ähnlichkeit mit meiner Erinnerung an den Pianisten, wie er eine Salatsauce in der Schüssel anrührte und die Salatblätter mit seinen langen Fingern, die in ungepflegten, rissigen Nägeln endeten, in der Sauce wälzte. Charlie Swanns massige Erscheinung, sein schöner Römerkopf, seine athletische Begabung – all diese Eigenschaften stammen von einem jungen Mann, der einmal für meine Kanzlei arbeitete; er hat sonst nichts zu Charlies Porträt beigetragen. Als ich über Charlie Swann schrieb, warf natürlich Baron Charlus seinen Schatten – den Charlie nur allzu deutlich wahrnahm. Soviel ich weiß, waren weder der geniale Erastes noch der Pianist je in der Verbotenen Stadt in Beijing. Aber als ich Charlies Tirade über die Häuser der Eunuchen und seine ausschweifenden Reden über Homosexualität und Altern verfaßte, hatte ich Stimme und Diktion des Pianisten im Ohr und dazu einen Nachhall der unglaublichen Arroganz und des sardonischen Witzes von Baron Charlus.

Der Erzähler Max ist eine Erfindung. Ich habe keine Ahnung, wie ich auf ihn gekommen bin; daß er im Lauf des Romans an Bedeutung und Komplexität gewinnt, ist ein Beispiel für novellistische Selbstentzündung; das gleiche geschah, als ich Sam Standish erfand, den Erzähler in *Ehrensachen*, der sich eine viel größere Rolle erzwungen hat, als ich geplant hatte. Auch Max' Freund Arthur ist eine Erfindung. Ihn brauchte ich, um Max eine Einladung in die Villa Rumorosa zu verschaffen und um eine andere Sicht auf Charlie Swann vorzuführen; Max' Eltern sind, wie die Leute in Billington, ebenfalls erfunden – bis auf kleinere Anleihen bei so vielen Menschen, daß ihre Identität, selbst wenn ich sie noch im Gedächtnis hätte, keine Rolle spielt. Eine Ausnahme bilden Lord und Lady Howe, übertriebene Karikaturen eines mir bekannten englischen Kritikers und seiner Frau. Und die Frauen, die ich aus dem Hut zaubere? Max' erste Frau Kate mit den haarigen Beinen ähnelt einer Doktorandin, der Freundin eines Mannes am Harvard College, den ich gut kannte; Miss Wang, die zierliche kleine chinesische Studentin, die in Beijing Max' Dolmetscherin ist und in Cambridge seine Geliebte wird, ist das naturgetreue Porträt einer genauso zierlichen chinesischen Astrophysikerin, die sehr sexy war, aber leider nicht meine Freundin wurde; Camilla, die kurzzeitige englische Ehefrau von Max, ist eine Karikatur der Dame, die mir als Modell für Véronique, die bezaubernde Französin im *Mann, der zu spät kam*, diente (warum meine Karikatur so boshaft geraten ist, weiß ich nicht); der britische Filmemacher Roland trägt Züge eines Mannes, auf den ich in der Zeit meiner Beziehung mit Véroniques Prototyp eifersüchtig war, ohne Grund, wie ich jetzt glaube. Und Laura, die italienische Kunsthändlerin, die Max in der Villa am Comer See kennenlernt – Glück heißt: Lauras Stimme hören, sagt er –, verdankt ihre Stimme und ihr Lachen meiner Frau.

Die Schauplätze? Der Comer See bot sich an, weil ich mehrmals in einer Villa am Ufer gegenüber der erfundenen Rumorosa, in der der Roman beginnt; gewohnt hatte; die wirkliche Villa gehörte damals der Familie meines verstorbenen

Seniorpartners Francis Plimpton. Sie war ursprünglich für Plinius den Jüngeren gebaut worden, der dort viele glückliche Jahre verbrachte. Cambridge, Massachusetts, kannte ich natürlich aus meiner Studienzeit in Harvard. Beijing und die Verbotene Stadt lernte ich während vieler Aufenthalte in China kennen, als ich versuchte, chinesische Bürokraten in leitenden Positionen mit juristischen Prinzipien vertraut zu machen – ungefähr so, wie Max ihnen Unterricht im Vertragsrecht gibt. In den Berkshires gibt es kein Billington. Die Berkshires kenne ich jedoch, besonders Stockbridge und Lenox, weil ich dort mit meiner ersten Frau häufig den Sommer und Wochenenden verbrachte.

Als nächstes kam *Schmidt*, mein vierter Roman. Eingeschoben zwischen ihn und seine Fortsetzung, *Schmidts Bewährung*, ist *Mistlers Abschied*. Ich weiche von der chronologischen Ordnung ab, lasse *Mistler* beiseite und behandle die zwei Schmidt-Romane auf einmal. Anders als Schmidtie, der ungefähr ein Jahr vor Beginn der Geschichte pensioniert wurde, hatte ich, als ich *Schmidt* schrieb, noch neun Jahre Zeit bis zum Ruhestand; nach dem Erscheinen von *Schmidts Bewährung* praktizierte ich noch drei Jahre als Anwalt. Die Jurisprudenz spielt in Schmidts wie in meinem Leben eine zentrale Rolle. Wie Schmidt war ich Sozius in einer erstklassigen New Yorker Kanzlei. Solange Schmidt noch praktizierte, teilte er seine Zeit zwischen der Stadt New York und den Hamptons, und mein Leben sah genauso aus. Trotz dieser und anderer oberflächlicher Ähnlichkeiten habe ich mit ihm kein Selbstporträt entworfen. In der Hauptsache mokiere ich mich über meine Tics und natürlich über das Milieu, in dem ich seit fünfzig Jahren mit mindestens einem Fuß stehe. Aber ich habe meine Karriere in einer Kanzlei gemacht, in der ich mich anerkannt sah, in meiner Ehe schwären keine beschämenden Geheimnisse, und die Beziehungen zu meinen Kindern, Stiefkindern und deren Partnern sind ungetrübt. Schmidts junge puertoricanische Geliebte Carrie ist zwar vielleicht mein Lieblingsgeschöpf, aber in meinem Leben hat es nie eine Carrie gegeben. Soweit es in Romanen zu erreichen ist, sind die Schmidt-Bücher objektive Meditationen über Altern und Ruhestand, über den Verlust einer Lebensgefährtin, die Beziehungen zu einem Kind, das man nicht versteht und von dem man mißverstanden wird, und nicht zuletzt Reflexionen über die Heilkraft des Eros und sein Fortdauern bis ins Alter. Dazu kommen Gedanken über die Freundschaft (zwischen Schmidt und seinem College-Freund Gil Blackman oder Schmidt und Mike Mansour); über Eros' häßliche, priapeische Seite in Gestalt von Mr. Wilson, den Schmidt am liebsten »den Mann« nennt, ein Name mit vielen Konnotationen, die den Kritikern entgangen sind; Einblicke in die Welt der New Yorker Anwaltsfirmen und der neureichen Milliardäre, für die Mike Mansour steht; und schließlich satirische Darstellungen des Lebens in den Hamptons und des endemischen Antisemitismus in der amerikanischen Oberklasse. Diese Romane sind üppig ausgestattet, lassen aber noch etwas Raum für kleine Konterfeis meiner Person, ähnlich Hitchcocks kurzen Auftritten in seinen Filmen. In *Schmidt* bin ich der grimmige Alte, der auf der Strecke zwischen Bridgehampton und Sag Harbor mit Handschuhen an den Händen den Müll vom Straßenrand aufsammelt (das mache ich tatsächlich); in *Schmidts Bewährung* komme ich zweimal vor: auf Blackmans Dinnerparty als der unsympathische Romancier mit der eleganten und unendlich charmanten Gattin (die meiner Frau gleicht), und gleich am Anfang des Buches habe ich einen viel kürzeren

Auftritt in dem Delikatessenladen, in dem Schmidtie für Carrie Croissants zum Frühstück kauft. Da bin ich der Kerl mit dem Toyota, der niemanden küßt und von keinem gegrüßt wird. Nur böse Blicke wirft man ihm zu. Als ich dies schrieb, war ich zu hart mit mir; in Wirklichkeit bin ich überzeugt, daß alle in diesem Laden mich mögen, und ich werde häufig geküßt, zu oft für meinen Geschmack.
Wenn das, was ich Ihnen eben erzählt habe, wahr ist, wieviel von mir steckt dann – abgesehen von meinen Scherzen für Eingeweihte – in den *Schmidt*-Büchern? Alles und nichts: alles, weil nur einer, der mein Leben geführt hat, die Romane mit genau dieser Vielfalt von Material ausstatten oder diese Personen erfinden konnte. Zum Beispiel gibt es Gil Blackman, Schmidts ältesten und einzigen Freund, im wirklichen Leben nicht. Aber die Dynamik der Beziehung zwischen ihm und Schmidt entwickelt sich nach dem Muster meiner Freundschaft mit einem Mann, mit dem ich jetzt keinen Kontakt mehr habe. Die Art, wie dieser ehemalige Freund über seine Kinder redete, habe ich in Mr. Blackmans Ausführungen über seine Töchter nachgeahmt. Ich kenne niemanden, der Mr. Wilson gleicht oder Bryan, diesem unerträglichen Faktotum, Pfleger und Sexprotz. Mr. Wilson fiel mir ein, als ich auf einem venezianischen Vaporetto einen verwahrlosten Typ beobachtete; für Bryan plünderte ich zwei Brüder aus guter Familie, die aus dem bürgerlichen Leben und der bürgerlichen Erziehung »ausgestiegen« sind, außerdem unser Faktotum auf Long Island, einen Mann mit goldenen Händen, der alles reparieren kann und früher Motorradrennen fuhr. Wie Schmidt habe ich unter dem Gefühl gelitten, unterschätzt zu werden und vielleicht unerwünscht zu sein. Aus eigener Erfahrung kenne ich Schmidts Unbehagen auf großen Partys, wenn er am Rand des Ge-

schehens steht und so töricht wie ungeschickt versucht, mit jemandem ins Gespräch zu kommen, der sich vielleicht für ihn interessiert, der ihm womöglich die Tür zu einem glanzvolleren geselligen Leben öffnen kann. Schmidts Ferien auf der Insel mitten im Amazonas gehen zurück auf Eindrücke, die meine Frau und ich auf einer ähnlichen Insel sammelten.

Dann ist da noch die Sache mit dem Sex und den Vorgängerinnen von Schmidts junger Liebe Carrie. Meine Passion für Frauen verschweige ich nicht, auch nicht den Effekt, daß sie mich ab und zu in überraschende und bedenkliche Situationen gebracht und meine Tagträume belebt hat. Carries Prototyp stand in Sagaponack, wo meine Frau und ich ein Ferienhaus haben, hinter dem Ladentisch eines Delikatessengeschäfts. Dieses Geschäft kommt in *Schmidts Bewährung* vor: Ich nenne es Sesame; im wirklichen Leben heißt es Loaves and Fishes. Begegnungen mit der wirklichen Carrie (die natürlich anders hieß) hatte ich nur in diesem Geschäft: morgens, wenn ich Scones kaufte, manchmal vor dem Mittagsessen, wenn ich bestellten Fischsalat abholte, oder am Nachmittag, wenn ich hereinschaute, um eine gebratene Ente mitzunehmen. Unsere Unterhaltungen waren nicht weiter persönlich; sie drehten sich ums Wetter, Staus auf der Straße 27 (der Hauptverkehrsader in der South Fork von Long Island) und um die Überfülle im Laden während der Wochenenden im August. Das Loaves and Fishes schließt nach Weihnachten und macht erst an Ostern wieder auf. Und eines Jahres war sie dann nicht mehr da, um mich mit ihrem müden Lächeln zu begrüßen. Ich fragte die Ladenbesitzerin, was geschehen sei. Ach, antwortete sie, diese jungen Dinger! Sie ist nach Jackson, Florida, gezogen und arbeitet jetzt als Dentalhygienikerin. Seitdem habe ich nichts mehr von der Verkäuferin gesehen oder gehört – ich weiß nicht einmal, wie sie mit Nachnamen heißt –, aber als ich von Carrie erzählte, stand mir ihr anrührend aschgraues Gesicht vor Augen, und ich hatte ihren Tonfall im Ohr. So kommt es vor, daß eine sehr starke, für den Autor entscheidende Romangestalt durch anscheinend farblose, unwichtige Begegnungen inspiriert wird. Um Carries Hintergrund zu vervollständigen, will ich noch ergänzen, daß O'Henry's, das Lokal, in dem Carrie kellnert, viele Merkmale mit Bobby Van's in Bridgehampton teilt und daß die drei Unheilsschwestern, die Autorenwitwen, wirklich existierten. Inzwischen leben sie auch nicht mehr. Die Geschichten von Carries Familie und von Mr. Wilson, dem ehemaligen Chemielehrer, habe ich mir ohne erkennbare Vorbilder ausgedacht, mit einer Ausnahme: In meiner High School in Brooklyn gab es eine Fechtmannschaft, zu der ich gehörte, und wir hatten einen eigenen Mannschaftsraum, zu dem die Fechter und natürlich auch der Trainer Schlüssel besaßen. Der Raum wurde gelegentlich von Verliebten wie Carrie und ihrem Freund zu einschlägigen Zwecken genutzt. Mike Mansour, der Milliardär, der in *Schmidts Bewährung* eine wichtige Rolle spielt, trägt die Züge verschiedener enorm reicher Männer, die ich kennengelernt habe. Begabte Unternehmer waren sie jedoch alle nicht – im Gegensatz zu Mansour. Die auffälligsten Eigenschaften, die sie mit ihm gemeinsam hatten, waren ihr unerträglicher Eigendünkel, ihre Arroganz und ihre Frivolität.

Mistlers Abschied, meinen fünften Roman, und *Schiffbruch*, den siebten, will ich summarisch abhandeln.

Mistlers Entscheidung gegen eine Krebsoperation und für eine Venedig-Reise entsprechen dem, was ich vermutlich in seiner Situation tun würde. Bunny, die Frau aus Mistlers

Vergangenheit, die er gegen Ende seiner Zeit in Venedig unerwartet wieder trifft, und Barney, der schwule Dichter, der Texte für Werbeagenturen schreibt, sind die einzigen Romangestalten, die Personen aus dem wirklichen Leben nachgebildet sind. Für Bunny gibt es zwei Modelle, eine Frau, der ich in meinem ersten College-Jahr kurz und erfolglos den Hof machte (ich hatte genau wie Mistler einen Rivalen mit mehr Glück, den ich bald haßte), und eine andere – sie lebt nicht mehr –, die ich auf dem College kannte und bewunderte, aber für unerreichbar und weit oberhalb meiner Preisklasse hielt. Für alles, was mit Mistlers Berufssphäre zu tun hat, aber nichts sonst, diente mein verstorbener Freund David Ogilvie, ein Genie auf dem Gebiet der Werbung, als Vorbild. Mistlers einziger Sohn Sam hat keine Ähnlichkeit mit meinen Söhnen. Etwas sehr Persönliches habe ich allerdings in die Qual und die Schuldgefühle eingearbeitet, die Mistler Sams wegen empfindet. Als mein älterer Sohn noch ein Baby war, litt er unter akuten Koliken, wahrscheinlich wegen einer Milchallergie, die unser eleganter Kinderarzt nicht diagnostizierte. Mein Sohn schrie vor Schmerz, der zum Teil von einer Verstopfung kam. Der Arzt erklärte mir, wie ich dem Kind manuell Erleichterung verschaffen könne, ein medizinischer Rat, der zwar half, mir aber denkbar widerstrebte. Das Bekenntnis, das Mistler im Traum seinem Sohn macht: Er wisse, daß er Sam wehgetan habe, aber nichts habe ihn und seine Riesenhände aufhalten können, als er tat, was getan werden mußte, dieser Aufschrei ist mein eigener.

Von den genannten Modellen abgesehen, habe ich die Personen in *Mistlers Abschied* aus Material gemacht, für die ich keine genauen Quellen angeben kann. Die eindrucksvolle und schöne Madame Portes, die Mistler Tante Elisabeth

nennt, ist eine Ausnahme. Ich habe sie erfunden, aber sie gehört zu der exklusiven Gruppe der Personen in meinen Romanen, die von meiner Frau inspiriert sind: Laura, wie schon erwähnt, die Kunsthändlerin in *Wie Max es sah*, Caroline Cannings, die Frau des schrecklichen Romanciers Joe Canning, die einen Miniauftritt in *Schmidts Bewährung* hat, und Lydia, die wunderbare Frau des Protagonisten John North in *Schiffbruch*, dem ich mich jetzt zuwende.
Dieses Buch, mein siebter Roman, ist nur in einer Hinsicht autobiographisch: John North ist Romancier. Wenn er vom Schaffensprozeß spricht, drückt er meine Meinung aus. Ich habe ihn benutzt, um einen Eindruck vom Leben eines Romanautors zu vermitteln: von der harten Arbeit, der Einsamkeit, dem Überdruß, den Selbstzweifeln, der Abhängigkeit von einer Person, deren Urteil man mehr traut als dem aller anderen – in Norths Fall ist Lydia dieser Mensch –, von der Hochstimmung, wenn man allmählich erkennt, daß die vielen Seiten, die man mit Worten gefüllt hat, einen Zusammenhang bilden, zu einem Ganzen geworden sind, einem Roman, der bestehen kann. Der Rest der Geschichte, die John North seinem unheimlich geduldigen, an einer Bar aufgesammelten Trinkkumpan erzählt, ist reine Erfindung, montiert aus den Materialien, die ich gesammelt hatte. Eine Léa gibt es in meinem Leben sowenig wie eine Carrie. Ich fürchte, ich werde meine Leser enttäuschen, muß aber sagen, daß ich meine Aufenthalte auf Martha's Vinyard an den Fingern einer Hand abzählen kann und daß ich zwar von Vinyard aus in einer Yacht wie North's *Cassandra* mit ihrem Eigner gesegelt bin, einem Skipper, der noch segelkundiger war als North, daß aber meine eigenen Fähigkeiten im Segeln kümmerlich und auf kleine Boote beschränkt sind. Auch sind North und Léa unvergleichlich viel bessere

Schwimmer, als ich je sein könnte. Den Lesern, die sich für meine literarischen Vorbilder interessieren, will ich eingestehen, daß ich natürlich Camus' *Der Fall* gelesen habe, wahrscheinlich 1957 in meiner Zeit an der Law School. Ich erinnerte mich an den Ich-Erzähler, der pausenlos auf einen Fremden einredet, und an den Schauplatz Amsterdam. Wiedergelesen habe ich *Der Fall* aber erst eine Weile nach der Veröffentlichung von *Schiffbruch*, und wenn mein Buch jemandem in literarischer Hinsicht etwas verdankt, dann nicht Camus, sondern Samuel Taylor Coleridge. Für die Erzähltechnik von *Schiffbruch* entschied ich mich bereits, als der Roman in meinem Kopf Form annahm. Es dauerte nicht lange, bis ich den Ton im Ohr hatte: eine unerbittlich hämmernde Tirade, die mit wachsendem Tempo auf ein schreckliches Ende zusteuert, und bald wurde mir klar, daß ich meine Version der *Ballade vom alten Seemann* hörte.

Es ist vielleicht angebracht, ein paar Worte über meinen Roman *Ehrensachen* zu sagen, der 2007 erschien. In diesem Buch nehme ich ein Thema wieder auf, das ich im *Mann, der zu spät kam* behandelt habe: Wie erfindet sich ein junger Mann in meiner Lage neu, ein Mann, dessen Kindheit im von den Deutschen besetzten Europa verlorenging? Welche Opfer muß er dafür bringen, und zahlt er einen zu hohen Preis für die Normalität? Parallel werden Fragen der Loyalität behandelt: Was verlangt die Loyalität gegenüber den Eltern, den Freunden und schließlich gegenüber der eigenen Person? Ich will nicht bestreiten, daß meine Beschreibung des jüdischen Flüchtlings Henry bis zu einem gewissen Grad ein Selbstporträt ist, aber ich betone: »bis zu einem gewissen Grad«. Henry konnte unmöglich ein wahrheitsgetreues Abbild meiner selbst sein, und seine Karriere am Harvard College und danach sollte nur oberflächliche Ähnlichkeit mit meiner Laufbahn haben. Ich bin keine Romangestalt – jedenfalls nicht in einem Roman, den ich geschrieben habe –, und meine Lebensgeschichte erfüllt in keinem Fall die Bedürfnisse meiner erfundenen Personen. Auch der Ich-Erzähler Sam, Henrys Mitbewohner und bester Freund, ist eine erfundene Romanfigur, aber er spricht oft für mich, ungefähr so wie der Chor für die antiken Dramatiker. Archie, den dritten Mitbewohner, habe ich meinem Zimmergenossen im College nachgebildet, der wie Archie bei einem Verkehrsunfall ums Leben kam. Es gibt eine selbstverständlich nur partielle Ähnlichkeit zwischen Henrys und meinen Eltern, deren Andenken ich *Ehrensachen* gewidmet habe.

Zurück zu den Fragen, die ich vor meiner Aufzählung des autobiographischen Materials meiner Romane gestellt habe. Zum Beispiel: Hat meine Generalbeichte dazu geführt, daß Sie meine Romane besser verstehen und einschätzen können? Oder habe ich nur den – guten oder schlechten – Eindruck von mir bestärkt, den Sie ohnehin haben mögen, einen Eindruck, der Ihre Einstellung zu meinen Büchern nun mit noch größerer Wahrscheinlichkeit prägen wird?

Proust teilt sich mit Kafka die Ehre, der moderne Autor zu sein, dessen Leben von Biographen, Philologen und Kritikern mit der emsigsten Pedanterie durchstöbert wird. Was Kafka von der Methode gehalten hat, zum besseren Verständnis des Werks das Leben eines Autors unter die Lupe zu nehmen, wissen wir nicht; Kafka hat keinen Kommentar zu diesem Thema hinterlassen Prousts Meinung dazu war eindeutig ablehnend. Am schärfsten hat er sie in »Die Methode Sainte-Beuves« formuliert, einem zwischen 1908 und 1910 geschriebenen und 1954 posthum in *Gegen Sainte-*

Beuve veröffenlichten Essay. Augustin Sainte Beuve, 1804-1869, war der Autor der »Critiques et Portraits Littéraires«, »Portraits Contemporains« und vor allem »Causeries de Lundis« und »Nouveaux Lundis«, die wöchentlich in *Le Constitutionel* erschienen. In der zweiten Hälfte des neunzehnten und im ersten Jahrzehnt des zwanzigsten Jahrhunderts galt er als der bedeutendste Literaturkritiker Europas, wenn nicht der ganzen Welt. Da Proust erst 1872, drei Jahre nach Sainte-Beuves Tod, geboren wurde, ist die Heftigkeit seiner Reaktion auf den längst Verstorbenen und dessen berühmte Methode der Literaturkritik überraschend.
Prousts vernichtende Kritik an Sainte-Beuve beginnt mit einem Zitat aus dessen eigener Beschreibung seiner Beurteilungskriterien:

> »Tant qu'on s'est pas adressé sur un auteur un certain nombre de questions et qu'on n'y a pas répondu, ne fût-ce que pour soi seul et tout bas, on n'est pas sûr de le tenir tout entier, quand même ces questions sembleraient le plus étrangères à la nature de ses écrits: Que pensait-il en religion? Comment était-il affecté du spectacle de la nature? Comment se comportait-il sur l'article de femmes, argent? Était-il riche, pauvre; quel était son régime, sa manière de vivre journalière? Quel était son vice ou son faible? Aucune des réponses à ces questions n'est indifférente pour juger l'auteur d'un livre et le livre lui-même, si ce livre n'est pas un traité de géométrie pure, si c'est surtout un ouvrage littéraire, c'est-à-dire où il entre [de] tout, etc.«[1]

> »Solange man nicht eine bestimmte Anzahl von Fragen über den Autor gestellt und beantwortet hat, und sei es

> nur leise und für sich ganz allein, weiß man nicht sicher, ob man ihn im ganzen erfasst hat, selbst wenn die Fragen dem Anschein nach nichts mit der Eigenart seiner Schriften zu tun haben: Was hielt er von der Religion? Wie sehr berührte ihn das Schauspiel der Natur? Wie verhielt er sich in bezug auf die Frauen, in bezug auf das Geld? War er reich oder arm? Wie stand es mit seiner Lebensordnung, seiner alltäglichen Lebensweise? Mit seinen Lastern oder Schwächen? Keine Antwort auf diese Fragen ist unwichtig, wenn man den Autor eines Werks oder dieses Werk beurteilt, falls es nicht eine Abhandlung der reinen Geometrie ist und insbesondere wenn es sich um ein literarisches Werk handelt, das heißt ein Werk, in das der Autor ganz eintritt.«[2]

Mit anderen Worten: Laut Sainte-Beuve kann man das Werk nicht vom Autor und dessen Persönlichkeit trennen. Es ist notwendig zu fragen, wieviel von seinem eigenen Leben ein Autor in sein Werk gesteckt hat.

Diesen Punkt hält Proust fest, er setzt dann seinen Angriff fort, indem er Sainte-Beuves Auslassungen über die Bewunderung junger Autoren für Stendhal zitiert:

> »pour juger au net de cet esprit assez compliqué et sans rien exagérer dans aucun sens, j'en reviendrai toujours de préférence, indépendamment de mes propres impressions et souvenirs, à ce que m'en diront ceux qui l'ont connu en ses bonnes années et à ses origines, à ce qu'en dira M. Mérimée, M. Ampère, à ce que m'en dirait Jacquemont s'il vivait, ceux en un mot, qui l'ont beaucoup vu et goûté sous sa forme première.«[3]

»[U]m über diesen recht komplizierten Geist [Stendhal] klar zu urteilen und ohne in einer Richtung etwas zu übertreiben, werde ich es immer vorziehen, unabhängig von meinen eigenen Eindrücken und Erinnerungen auf die Aussagen derer zurückzukommen, die ihn in seinen guten Jahren und in seinen Anfängen gekannt haben, auf das, was mir Monsieur Mérimée, Monsieur Ampère sagen werden, was mir Jacquemont sagen würde, wenn er noch lebte, kurz all jene, die ihn oft gesehen und in seiner ersten Form kennengelernt haben.«[4]

Proust reagiert darauf mit Verachtung. Warum Freunde als Zeugen aufrufen? Welchen Unterschied macht Stendhals Leben, fragt er. Das *Ich* Stendhals, das sein Werk schuf, würde für die Augen der Freunde verdunkelt von einem anderen *Ich*, das sich von diesem ersten unterschied und sehr wohl dem sichtbaren *Ich* vieler anderer Personen unterlegen sein konnte. Er fährt fort: Daß diese Methode Sainte-Beuves ein Irrweg sei, zeige sich am deutlichsten, wenn der Kritiker, obwohl er alle Informationen besaß, die er zur Beurteilung von Stendhals Werk für nötig hielt, daraus schloß, Stendhals Romane seien »abscheulich«. Der Grund für dieses Fehlurteil, sagt Proust, liege in Sainte Beuves »pseudowissenschaftlicher« Methode: Er sammle jedes Körnchen Information über den Schriftsteller aus dessen Korrespondenz, befrage die Freunde, wenn sie noch lebten, oder durchsuche im anderen Fall ihre schriftlichen Äußerungen über Stendhal, aber sein Verfahren sei unbrauchbar, weil er den Mann mit dem Werk verwechsle, statt sich ausschließlich auf die Werke zu konzentrieren. Aufgrund dieser Methode entgehe Sainte Beuve zwangsläufig das,

»ce qu'une fréquentation un peu profonde avec nous-même nous apprend: qu'un livre est le produit d'un autre moi que celui que nous manifestons dans nos habitudes, dans la société, dans nos vices. Ce moi-là, si nous voulons essayer de le comprendre, c'est au fond de nous-mêmes, en essayant de le recréer en nous, que nous pouvons y parvenir. Rien ne peut nous dispenser de cet effort de notre cœur. Cette vérité, il nous faut la faire de toutes pièces et.... Il est trop facile de croire qu'elle nous arrivera un beau matin dans notre courrier sous forme d'une lettre inédite qu'un bibliothécaire de nos amis nous communiquera, ou que nous la recueillerons de la bouche de quelqu'un qui a beaucoup [connu] l'auteur.«[5]

»was ein etwas tiefer gehendes Verständnis unserer selbst uns lehren wird: daß ein Buch das Produkt eines Ich ist, das sich unterscheidet von jenem Ich, welches wir in unseren Gewohnheiten, in der Gesellschaft, in unseren Lastern zutage treten lassen. Jenem anderen Ich können wir uns, wenn wir es denn finden wollen, nur nähern, indem wir versuchen, es in uns nachzuschaffen. Nichts kann uns von dieser Anstrengung unseres Herzens entbinden. Wir müssen diese Wahrheit von Grund aus erschaffen; es ist zu einfach, zu meinen, sie werde eines Tages mit der Post kommen, in Gestalt eines unveröffentlichten Briefs, den uns einer unserer Bibliothekars-Freunde zugeschickt hat, oder wir würden sie aus dem Mund eines Menschen erfahren, der den Autor sehr gut gekannt hat.«[6]

Wenn das scheinbare, oberflächliche Leben des Autors belanglos ist, weil es sich so radikal von seinem anderen Ich, dem schaffenden Ich, unterscheidet, dann ist auch belanglos, wieviel von diesem Leben sich im Werk findet. Der Romanautor kann nicht das ganze Universum erfinden. Er muß verwenden, was er zur Hand hat. Wie kann es auf den Fundort oder die Beschaffenheit seines Materials ankommen, wenn er kraft seiner Begabung imstande war, es in Kunst zu verwandeln?

Bibliographie

1 Zitiert nach Marcel Proust, »La Méthode de Sainte-Beuve«, in: *Contre Sainte-Beuve*, herausgegeben von Pierre Clarac unter Mitarbeit von Yves Sandre, Paris: Gallimard 1971, S. 219-232, S. 221.

2 Zitiert nach Marcel Proust, »Die Methode Sainte-Beuves«, aus dem Französischen von Helmut Scheffel, in: *Gegen Sainte-Beuve*, Frankfurter Ausgabe, herausgegeben von Luzius Keller, Werke III, Band 3, Frankfurt am Main: Suhrkamp 1997, S. 18-43, S. 23. Anmerkung des Verlags: Louis Begley hat die Proust-Passagen für die Vorlesungen selbst ins Englische übersetzt, um bestimmte Aussagen zu akzentuieren. Die deutschen Proust-Passagen weichen daher an einigen Stellen von den Übersetzungen Helmut Scheffels, Wolfgang A. Peters und Eva Rechel-Mertens ab.

3 »La Méthode de Sainte-Beuve«, S. 222.

4 »Die Methode Sainte-Beuves«, S. 24 f.

5 »La Méthode de Sainte-Beuve«, S. 221 f.

6 »Die Methode Sainte-Beuves«, S. 24.

Zweite Vorlesung

Man muß nicht die Gans kennenlernen, nur weil man eine Vorliebe für Gänseleber hat; diese Regel versteht sich von selbst. Sollte sie nicht auch auf Schriftsteller anzuwenden sein? Ist die Vorliebe für das Werk eines Autors ein Grund, in seinem Privatleben zu spionieren? Ist die Vorliebe für die Person des Autors eine Bedingung dafür, daß man sein Werk schätzt? Hoffentlich nicht. Schriftsteller sind selten nette Menschen; dafür sind wir zu kompliziert. Die Schöpfer wunderbarer Werke sind oft Schufte und Verrückte; Shakespeares großer Zeitgenosse Christopher Marlowe, Dostojewski, Céline und Ezra Pound sind nur vier zufällig herausgegriffene Beispiele dafür. Ich habe mir für diese Vorlesungen vorgenommen, die Überschneidung von Fakten und Fiktionen in Werken zu untersuchen, die nach Aussage der Autoren erfundene Geschichten sind; als Beispiel nehme ich meine eigenen Romane.

In diesem Zusammenhang ist es vielleicht nützlich, meine Erzählung »Epithalamion 2004. Eine Fabel« zu betrachten und zu zeigen, wie ich darin Material aus dem »Trödelladen der Seele« verwendet habe.*

Der Ursprung dieser Erzählung ist eher ungewöhnlich. 2003 oder 2004 bat mich David Kuhn, ein freier Lektor und Literaturagent, um einen Beitrag zu einer Anthologie, in der männliche Autoren sich in Erzählungen oder Essays über das Thema Bindung äußern sollten. Dabei habe er an mich gedacht, sagt er, weil meine Ehe ihm immer mustergültig vorgekommen sei. Folglich glaubte er, einen Text über diese

* Die vollständige Erzählung finden Sie am Ende dieses Bandes.

glückliche Bindung könne ich aus dem Ärmel schütteln. Ungefähr fünftausend Wörter sollte ich schreiben. Ich erklärte ihm, das Thema reize mich, ich müsse aber erst mit meiner Frau darüber sprechen. Ich war sicher, daß meine Frau nein dazu sagen würde; aber das verriet ich meinem Freund, dem Lektor, nicht. Zu meiner Überraschung riet sie mir jedoch, den Auftrag anzunehmen, und zwar zweifellos aus Zuneigung zu David Kuhn, den wir kennengelernt hatten, als er noch sehr jung war und zusammen mit einem unserer Söhne am Harvard College studierte. Nachdem ich nun also grünes Licht bekommen hatte, überlegte ich mir, wie ich diesen Text anlegen wollte, und kam schnell zu dem Schluß, daß ich auf keinen Fall über meine eigene, wirklich sehr glückliche Ehe schreiben würde. Ich dachte über unselige Bindungen nach, die ein Mann und eine Frau miteinander eingehen können, und über das Elend, das daraus folgt. Vor langer Zeit hatte es in meinem Leben eine solche bindende Verpflichtung gegeben. Ich beschloß, daß sie mein Thema sein sollte. Dabei mußte ich ein naheliegendes Problem lösen: Wie ließ sich diese Geschichte so erzählen, daß die Privatsphäre der betroffenen Dame nicht verletzt wurde – und auch meine eigene geschützt blieb? Bei solchen Anlässen ist man froh, Schriftsteller zu sein, weil man in dieser Eigenschaft Ereignisse aus dem wirklichen Leben aufnehmen und zu einer anderen, aber authentischen literarischen Wirklichkeit umformen kann. Ich beschloß, meine lange zurückliegende, aber noch lebendige Erfahrung in ein Märchen zu verwandeln: Erst wirbt der junge Mann um die Dame, dann sie um ihn, und prompt sind sie verheiratet. Aber ihre Ehe ist so verhext, daß kein Gegenzauber, weder Hochzeitslied noch Segen, den Bann lösen kann. Nur das Eingreifen einer guten Fee könnte die beiden befreien.

Diese Gedanken ergaben den ironischen Titel: »Epithalamion 2004. Eine Fabel« und den Erzählton: lakonisch, nüchtern, um psychologische Distanz zu den beiden im Netz ihres Unglücks verstrickten Personen zu schaffen. Ich werde nun Passagen aus der Erzählung zitieren und dabei etwas von dem Baumaterial offenlegen, das ich dafür verwendet habe.

> »Auf einer Bank links von den Stufen zur College-Bibliothek sitzt ein junger Mann und füttert Tauben. Weil er diese Vögel nicht leiden kann, wirft er die Erdnüsse vorsichtshalber gut drei Meter weit weg. Er denkt: Dies ist ein *acte gratuit*. Oder vielleicht ist es die Sühne für eine andere unnötige Handlung, die seines Mitbewohners Otto, des verrückten Mathematikers, den man vor einer Woche in die nahegelegene Nervenheilanstalt, Obdach für mehr als ein Mitglied des amerikanischen Parnaß, gebracht hat. Otto hatte an genau dieser Stelle Tauben mit Blausäurekügelchen gefüttert, während der junge Mann stumm und wie versteinert neben ihm saß. Die Tüte mit den Erdnüssen ist schnell leer. Der junge Mann knüllt sie zusammen und blickt sich suchend nach einem Abfalleimer um. Er entdeckt keinen. Statt dessen sieht er ein großes, schlankes Mädchen näherkommen. Sie trägt einen roten Schottenrock, eine helle Strickjacke und eine dreireihige rote Perlenkette. Blankpolierte Schuhe lenken das Auge auf ihre Fesseln und Waden. Hübsche Beine. Ihr langer Zopf reicht fast bis zur Taille: Rapunzel mit rabenschwarzem Haar, die eine grüne Büchertasche schwingt! Mein Reifen ist platt, sagt sie. Ich habe mir das Rad geliehen und weiß nicht, wie die Pumpe funktioniert. Kannst du mir helfen?

Der junge Mann ist ungeschickt. Er kann nicht gut Nägel einschlagen, Geräte reparieren oder mit platten Reifen umgehen – auch nicht mit Mädchen, obwohl er viel für sie übrig hat. Auch Rapunzel hält er für sexy; das liegt an ihrer Selbstsicherheit und an ihrer Figur. Er läßt sich von ihr zu dem Fahrrad führen, fummelt zaghaft mit der Pumpe herum, und, Heureka, er hat's geschafft. Einmal aufgepumpt, scheint der Reifen hart zu bleiben. Vielleicht hatte er nur ein winziges Loch. Sie sind sich einig, daß ein Fachmann sich den Schaden ansehen sollte. Auf einmal ist der junge Mann bekümmert. Er weiß nicht, wie sie heißt, und gleich wird sie weg sein. Aber im letzten Augenblick, als sie den Fuß schon auf dem Pedal hat, fragt sie, ob er nicht am Square eine Tasse Tee mit ihr trinken möchte. Er sei so galant gewesen. Oder noch besser, ob er nicht Lust habe, auf einen Drink zu ihr zu kommen? Hier ist die Adresse. Sie wohnt außerhalb des Campus.

So fängt die Geschichte an, sage ich, und wer wird mir widersprechen, wenn es um mein Ermessen und meine Entscheidung geht? Würde es einen Unterschied machen, wenn ich das eine oder andere Detail wegließe oder hinzufügte? Die Zeit hat meine Erinnerungen schon bearbeitet und mit Änderungen überschichtet, die nicht rückgängig zu machen sind. Weil mir die Namen gefallen, nenne ich das Mädchen Mary und den jungen Mann Alex.«

Die Bibliothek ist die Widener Library der Universität Harvard. Vor ihr liegt der Harvard Yard mit Bänken und seiner Taubenpopulation.

Um die Grundregeln des Erzählens zu beachten und die erforderliche Distanz zu schaffen, beende ich diesen Teil der

Geschichte mir einer Erklärung: »So fängt die Geschichte an, sage ich, und wer wird mir widersprechen ...?« Zuerst bezeichne ich meine Personen als »jungen Mann« und »Mädchen«, dann gebe ich ihnen Namen: Ich nenne »das Mädchen Mary und den jungen Mann Alex«.

Zurück zum Baumaterial: Modell für den Mitbewohner, der in der Geschichte Otto heißt, ist ein junger Mann, mit dem ich in meinem ersten Jahr am Harvard College befreundet war: Barron Bruchlos. Er war ein genialer Mathematiker und flog am Ende des akademischen Jahrs von der Universität, weil er im Yard Eichhörnchen (keine Tauben) mit Zyanid gefüttert hatte. Otto, der am Ende der Geschichte wiederauftaucht, wurde »in die nahegelegene Nervenheilanstalt, Obdach für mehr als ein Mitglied des amerikanischen Parnaß, gebracht«. Das ist eine Anspielung auf die McLean-Heilanstalt für Geisteskranke in Belmont westlich von Cambridge. Viele amerikanische Literaten sind dort Patienten gewesen. Ich dachte besonders an Robert Lowell, der manisch-depressiv war und mehrmals in der McLean stationär behandelt wurde.

Der Aufhänger: Mary bittet Alex, ihr den Fahrradreifen aufzupumpen. Für solche Arbeiten habe ich nicht viel Geschick; das ist erwiesen. Die Dame im wirklichen Leben bat mich um eine Münze für den Parkautomaten. Sie fuhr nicht Fahrrad; sie hatte gerade ihr Auto geparkt. Etwas später versuchte sie, mir den Vierteldollar zurückzugeben, aber ich verweigerte die Annahme. Schließlich lud sie mich zu einem Drink ein – wie Mary. Auch sie wohnte außerhalb des Campus. Und wie Mary und Alex in der Geschichte hatten auch wir, die Dame im wirklichen Leben und ich, eine Affäre, allerdings entwickelte sich die Sache bei uns sehr viel langsamer als bei dem erfundenen Paar.

Alex ist im letzten College-Jahr und muß im Juni Examen machen, Mary trägt zwar schon eine grüne Büchertasche, das Zeichen der College-Absolventen, hat aber noch ein Jahr Zeit bis zu ihrer Abschlußprüfung. Sehen wir uns die beiden kurz vor Alex' Examen an:

»Von Zeit zu Zeit fragt sich Alex, ob er Mary liebt. Die Wörter, die er ihr nachts ins Ohr flüstert, sind keine Antwort auf die Frage. Er weiß, daß sie sich ganz automatisch ergeben – Zeichen für eine Leere im Kopf. Sein Verlangen nach Mary steht fest, auch seine Angst vor einem Bruch mit ihr. Realistisch gesehen, rückt die Trennung näher. Es ist sein letztes Jahr am College, das Ende der Examenszeit steht bevor und er hat die Zulassung zum Medizinstudium an einer Universität an der Westküste. Er würde sich gern zum Militärdienst melden, aber wegen seines Asthmas, das er selbst längst vergessen hatte, ist er dienstuntauglich.
An einem drückend heißen Tag Ende Mai gehen Mary und er nachmittags am Fluß entlang. Sie fragt, ob sie auch an die Universität wechseln soll, an der er sich einschreiben wird. Aber zuerst mußt du mir einen Heiratsantrag machen. Du wärst bestimmt gern verlobt und verheiratet, sagt sie, und überrascht ihn mit einer stürmischen Zärtlichkeit. Daraufhin überkommt ihn ein Anfall von Panik, die Lust vergeht ihm. Ich bin noch nicht soweit, antwortet er und hört selbst, wie töricht und falsch die Erklärung klingt, die er nun folgen läßt: Er sei noch zu jung, das Medizinstudium sei überaus anstrengend und unvereinbar mit den Ablenkungen des Ehelebens, und er müsse erst noch mehr Lebenserfahrung sammeln.
Dann willst du mich nicht, antwortet sie matt. Bring mich nach Hause.

Alex geht gerne schnell und Mary eigentlich auch. Es hat ihm immer Spaß gemacht, wenn sie im gleichen Tempo und Rhythmus zusammen ausschritten. Diesmal schlurft sie über den Boden. Sie hat seinen Arm genommen. Heb die Füße, sagt er. Komm schon. Sie schüttelt den Kopf. Er versteht, daß sie verzweifelt ist, trotzdem ärgert es ihn, wie schwer sie sich an ihn lehnt, und die Wärme ihres Körpers ist ihm unangenehm. Die Frage nach der Liebe ist jetzt beantwortet, Alex fühlt sich fast als Sieger. Verdrossen und durstig kommen sie am Square an. Er lädt sie zu einer Tasse Tee ein, sie lehnt voller Verachtung ab. Noch die kurze Strecke bis zu ihrem Apartment zusammen zu gehen kommt nicht in Frage. Ihre Wege trennen sich.

Zwei Wochen später nimmt Alex an der Abschlußfeier seines Jahrgangs teil. Auf dem Yard steht er plötzlich vor Mary. Ihr Vater ist ein hoher Würdenträger an der Universität, deshalb ist auch sie da, obwohl sie das Studium am College erst in einem Jahr abschließen wird. Sie gibt Alex die Hand. Die beiden reden höflich und sehr reserviert miteinander. Dann folgt sie ihrem Vater. Alex glaubt, er sehe sie zum letztenmal. Demnächst wird sie Mr. Right, den Richtigen, heiraten, mit ihm in einem der nördlichen Vororte Bostons wohnen und Kinder großziehen.«

Die psychische Situation des Mädchens, das sich eine feste Verbindung mit Alex wünscht, spiegelt die Lage der Dinge zwischen der Dame im wirklichen Leben und mir. Ich wußte auch, daß eine Ehe zu diesem Zeitpunkt nicht in Frage kam, nicht nur aus praktischen Gründen, sondern auch, weil ich nicht bereit war, »mich zu binden«. Die Szene am Flußufer hat im wirklichen Leben nicht stattgefunden. Eine analoge Situation ergab sich am Ende eines Ferienaufenthalts in einer europäischen Hauptstadt; als mir erklärt wurde, ich müsse mich entscheiden, ließ ich eine lange alberne Rede vom Stapel, die ich abgewandelt habe zu Alex' Erklärung: »Er sei noch zu jung, das Medizinstudium sei überaus anstrengend und unvereinbar mit den Ablenkungen des Ehelebens, er wolle erst noch mehr Lebenserfahrung sammeln.« Das entscheidende Detail, das ich aus dem wirklichen Leben übernommen habe, ist Marys schleppender Gang und Alex' lieblose Bemerkung: »Heb die Füße.« Sie verrät alles: die Ungeduld und die reaktive Feindseligkeit des Mannes, der spürt, daß er in die Falle gelockt werden soll, die Depression des Mädchens, die sich in physischer Kraftlosigkeit ausdrückt, und die »Wärme ihres Körpers«, die Alex plötzlich unangenehm ist. Die Szene während der Proben für den feierlichen Einzug der College-Absolventen zwei Wochen später ist reine Erfindung. Im wirklichen Leben gehörte der Vater der Dame nicht zu den Honoratioren der Universität Harvard. Ich habe die Szene geschrieben, weil ich zeigen wollte, daß Alex zwar vielleicht das Gefühl hatte, einer Falle entkommen zu sein, aber auch wußte, daß er etwas aufgegeben hatte, das er lieber behalten hätte. Die Bemerkung »Demnächst wird sie Mr. Right, den Richtigen, heiraten, mit ihm in einem der nördlichen Vororte Bostons wohnen und Kinder großziehen« verrät wiederum alles. Alex weiß, daß er nicht Mr. Right, der Richtige, ist, und beim Gedanken an die »nördlichen Vororte Bostons« plagt ihn der Neid. In der Sozialtopographie des Boston der fünfziger Jahren galten Orte am Nordufer der Massachusetts Bay – Ipswich und vor allem Beverly – zu denen ihm Mary vielleicht Zugang verschafft hätte, als besonders vornehm und begehrt.

Als ich über die Geschichte von Alex und Mary – inzwischen waren die beiden für mich Personen aus Fleisch und Blut geworden – nachdachte und auch über meine eigene ältere, eher prosaische Realität, fragte ich mich, warum ein Mann und eine Frau an zerstörten Beziehungen festhalten, die sie beenden würden, wenn sie auf den unendlich kleinen Teil ihres Verstandes hörten, der ihnen genau dazu rät. Also schrieb ich:

»Für Alex und Mary wäre es das beste, wenn ihre Geschichte an dieser Stelle zu Ende wäre. Aber sie geht weiter. Warum? Warum hörte sie nicht auf, als das Bild auf dem Kopf des Mannes mit dem mageren Gesicht zerschlagen wurde? Etwa weil Mary Alex liebt? Sie hat ihm kaum Anlaß zu dieser Vermutung gegeben. Manchmal hat er gespürt, daß er für sie irgendein Bedürfnis erfüllt, auch wenn er nicht versteht, was sie an ihm findet. Für einen guten Liebhaber hält sie ihn nicht – auf seine Mängel hat sie ihn schonungslos hingewiesen –, und an seinem Aussehen oder seinem gesellschaftlichen Ansehen in der Universität oder sonstwo kann es auch nicht liegen, denn ihm fehlt beides. Vielleicht haben sein rastloser Ehrgeiz und seine Energie eine magnetische Anziehungskraft. Sein Verlangen nach Mary ist leicht zu verstehen. Vor allem ist er von ihrem Körper fasziniert. Der Sex mit dem Mädchen, das Mary ersetzte, war erregender und gab ihm das Gefühl, ein besserer Liebhaber geworden zu sein. Trotzdem geht von Mary eine viel größere Macht aus. Und Mary hat ihm ein Fenster zu einer neuen Welt eröffnet. Seit seinem fünften Lebensjahr ist er Waise. Die unverheiratete Tante, die ihn aufnahm, starb, als er im Internat war; sonst hat er keine Familie; ein Vermögensverwalter in einer Kleinstadtbank finanziert ihm Studiengebühren und Nebenkosten aus den Resten des spärlichen Erbes. Zu Weihnachten und zum Geburtstag schickt er Alex eine Schachtel Ahornsirupbonbons. Was für ein Gegensatz zu Marys Familie! Die Eltern strahlen vor Gesundheit, stehen in der Blüte ihrer Lebenskraft und haben ihre sechs Kinder – Mary ist das jüngste – an der North Shore von Massachusetts um sich geschart. Kein Problem, ob alltäglich oder außeralltäglich, ohne eine Lösung, die sich auf einen unangreifbaren Präzedenzfall aus dem Gründungsmythos der Shaws stützen kann; keine Rolle, die ein Shaw nicht ausgiebig geprobt hätte; sie sitzen überall so selbstsicher im Sattel wie Colonel Stride auf seinem Roß im Boston Public Garden. Alex ist darauf angewiesen, sich ständig neu zu erfinden und die Lebensart von Fremden zu studieren.«

Alex ist in der Erzählung ein früh Verwaister, der Marys Familie bewundert und begehrt, und damit habe ich meine eigene Lebenslage transponiert. Ich war nicht verwaist; ich hatte Eltern, die mich nach dem Krieg als Dreizehnjährigen in die Vereinigten Staaten gebracht hatten; sie fühlten sich in der neuen Welt so verloren wie ich und boten als Ratgeber, Leitsterne oder Vorbilder wenig praktischen Nutzen. Sogar ihre moralische Autorität war geschrumpft. Ich habe die Familie Shaw und ihre Gründungsmythen als Kontrastmodell zur Situation meiner Eltern dargestellt. Colonel Robert Gould Shaw kommandierte während des Bürgerkriegs das erste Regiment schwarzer Freiwilliger, das 54. Massachusetts Volunteer Infantry Regiment der Unionstruppen; er fiel am 18. Juli 1863, als er den Sturm auf Fort Wagner in South Carolina anführte. Das Bronzedenkmal von Augustus Saint-Gaudens, das den Colonel auf seinem Roß an der Spitze seiner Truppen darstellt, steht im Boston Common. Mit dem Namen Shaw assoziierte Alex außer Geld und hoher gesellschaftlicher Stellung auch den Abolitionismus und die Tapferkeit neuenglischer Patrizier – also das Gegenteil all dessen, was er und ich im Gepäck hatten. Trotzdem ist der Hinweis angebracht, daß diese Passage sehr wenig autobiographisches Material enthält. Nach genauer Betrachtung habe ich nur folgende Parallele zu meiner damaligen Verfassung gefunden: Alex ist ratlos – er kann sich nicht erklären, warum Mary ihn haben will –, und er hält nicht viel von seinen Fähigkeiten als Liebhaber und wenig von sich selbst; er ist ein Mann, der im Leben dahintreibt und nirgends vor Anker gehen kann. Der Rest ist ein Werk meiner Phantasie, die für umgewandelte reale Fakten einen fiktionalen Kontext erfunden hat.

Im nächsten Schritt habe ich Alex an eine medizinische Fakultät versetzt, offenbar die Medical School der Universität Stanford, denn er ist an einem Ort in der Nähe von San Francisco, aber nicht in Berkeley. Das Leben von Alex als Medizinstudent spiegelt die Erfahrungen, die ich als Student der Harvard Law School machte. Ich erzähle von seiner Ausdauer und seiner Fähigkeit, mit wenig Schlaf auszukommen – damals hatte ich dieselben Eigenschaften –, und davon, daß er Bücher und andere Interessen neben dem Studium nicht aufgab – dasselbe hätte man von mir sagen können. Das Haus, das Alex in der Universitätsstadt Palo Alto mietet, ist einem Haus ähnlich, in dem mein jüngerer Sohn Adam während seines Graduiertenstudiums in Stanford wohnte: »ein winziges Haus . . ., es hat ein Schlafzimmer, ein Wohnzimmer mit offener Küche und ein Mini-Gärtchen«. Die Beschreibung ist wahrheitsgetreu. Ich gebe Alex einen

VW-Käfer. Zufällig hatte ich zwei Käfer in meinem Leben, aber anders als Alex bin ich nie mit dem Auto quer durch die Vereinigten Staaten gefahren. Mein Sohn Adam hat es geschafft. Alex fährt mit seinem Käfer auch nach San Francisco; er besucht Clubs in Haight Ashbury. Ich habe nie einen Fuß in diese Clubs gesetzt, aber mein Sohn Adam wahrscheinlich schon. Allerdings fuhr er keinen Käfer, sondern einen kleinen Toyota, ein Geschenk zum Harvard-College-Abschluß.

Man mag mich fragen, warum ich diese Bruchstücke aus meinem Leben benutzt und bearbeitet habe, um die Welt von Alex und Mary zu bauen. Habe ich keine Phantasie? Bin ich nicht in der Lage, ein Szenario zu erfinden? Meine Antwort: Ich habe eine Menge Phantasie, das sieht man an meiner Arbeit mit den Bruchstücken. Aber die Aufbereitung von Material, mit dem ich sehr vertraut bin, regt meine Phantasie an, und sie macht mir viel Spaß, wie ich zugeben muß.

Diese Frage zielt ins Zentrum des schöpferischen Prozesses: Wenn nicht etwas in meinem Leben den Schreibprozeß in Gang setzen würde, schriebe ich keine Romane oder Erzählungen, und ohne diese Nachimpfungen aus meiner eigenen Realität könnte ich das Erzählen wahrscheinlich nicht durchhalten; einer Realität allerdings, die niemals in ihrem Rohzustand verwendet wird.

Mary reist Alex nach und zieht in Palo Alto bei ihm ein. Er freut sich nicht über dieses Arrangement, er findet sich damit ab. Es stellt sich heraus, daß sie in der Zeit ihrer Trennung krank war:

> »Alex' Fragen – er lernt allmählich die Kunst, Patienten zu befragen – bringen ans Licht, um was für eine Krank-

heit es sich dabei handelt: Sie hatte sozusagen einen Nervenzusammenbruch, und im Anschluß daran war sie längere Zeit in einem für seine orthodoxe Freudsche Methode bekannten Sanatorium. Sie erzählt Alex, daß sie die Weiterbehandlung in Boston, eine Analyse, unterbrochen hat, um bei ihm zu sein. Mary sagt nicht ausdrücklich, daß die Art ihrer Trennung am Flußufer sie endgültig aus dem Gleichgewicht gebracht hat, aber er zweifelt nicht daran, daß sein Verhalten in den Ursachenkatalog für ihre Beschwerden aufgenommen ist. Zum Glück gibt es eine ganze Liste von düsteren Traumata, die viel weiter zurückreichen als jener Nachmittag. Die Mythen der Shaws erscheinen nun in einem ganz anderen Licht.«

Gleichzeitig »neigt Alex aufgrund seiner Ausbildung zur Skepsis: Sie ist eine reiche junge Frau mit einem Leiden, das bei reichen Damen in Mode ist.«
Hier habe ich verschiedene Vorkommnisse in meinem Leben umgeformt und eingearbeitet. Mehr als eine Dame, die ich in den fünfziger, sechziger und siebziger Jahren des letzten Jahrhunderts kennenlernte, hatte Langzeitpsychoanalysen mitgemacht. Im Zeitraum dieser Erzählung – Ende der fünfziger bis Ende der sechziger Jahre – galt die Freudsche Analyse als die einzige den Mitgliedern der Ostküsten-Intelligenz zuträgliche Therapie von Depressionen und verwandten Störungen. Das eigentliche Problem war die Zahlungsfähigkeit des Patienten. Kein Wunder, daß Analytiker in meinen Büchern häufiger auftauchen: Dr. Durer in *Der Mann, der zu spät kam*, Renata Riker in den *Schmidt*-Romanen und mindestens drei Analytiker in *Ehrensachen.* Wie Alex registrierte ich damals mit einer Mischung aus Neid, Enttäuschung und Schadenfreude, daß die

Menschen sich an den guten Dingen im Leben – ihrer alteingesessenen Familie, ihrem Geld und der Freiheit, die man sich nur mit Geld kaufen kann –, über die sie dem Anschein nach immer verfügt hatten, nicht freuen konnten. Sie schienen mir sogar deutlich weniger glücklich zu sein als ich, der ihre Privilegien ärgerlich und begehrenswert fand. Gemischt mit dieser Schadenfreude war der schäbige Verdacht, daß sie ihr Leiden nur vortäuschten. Deshalb lasse ich Alex denken, Mary habe »ein Leiden, das bei reichen Damen in Mode ist«, und sie dafür verachten. Ein gemeiner Verdacht, aber einer, der mir oft kam. Wenn ich Alex diesen Gedanken zuschreibe, verhalte ich mich dann wie ein Mörder, der an den Tatort zurückkehrt?

Bald geht es wieder um Alex' Verpflichtung gegenüber Mary – in dem Augenblick, als ihm nach dem medizinischen Examen eine Assistentenstelle an einer berühmten New Yorker Klinik angeboten wird und als Mary hört, daß er seine Habseligkeiten in das Wohnheim der Klinik bringen lassen will. Sie weiß: Eine Schlafzelle in einem Wohnheim bedeutet, daß sie nicht zusammenleben werden. Sie möchte, daß er eine Wohnung mietet, obwohl er sich das nicht leisten kann:

> »Du mußt dich entscheiden, sagt sie ihm. Willst du für mich sorgen? Das ist die Frage. Ich will kein Wort mehr von Liebe hören. Er kommt sich vor wie in einer Neufassung der Szene am Fluß vor vier Jahren. Die Gründe, warum er keine größere Verpflichtung auf sich nehmen kann, sind längst bekannt und bis zum Überdruß wiederholt: seine Jugend und Armut, das anstrengende Arbeitspensum, das er sich vorgenommen hat, ihr Wunsch nach einem ganz normalen Eheleben, wie alle anderen es

haben. Nur hat die Szene diesmal ein anderes Ende. Alex will nicht riskieren, Mary zu verlieren. Pflichtschuldig wird der Heiratsantrag ausgesprochen und angenommen.«

Details und Kontext dieser Szene sind erfunden. Im wirklichen Leben entzog ich mich einer bindenden Verpflichtung gegenüber der entsprechenden Dame, nur um sie zwei Jahre später auf mich zu nehmen – Alex habe ich vier Jahre Freiheit gegeben; meine dauerte kürzer. »Nicht riskieren, Mary zu verlieren«: Diese Worte geben meinen Grund zur Kapitulation wieder, so habe ich vor mir selbst gerechtfertigt, daß ich einen Weg einschlug, der in die Katastrophe führen mußte; aber das habe ich mir damals nicht eingestanden und noch weniger meinen Eltern. Die Sätze, die ich Mary in den Mund lege: »Willst du für mich sorgen? Das ist die Frage. Ich will kein Wort mehr von Liebe hören«, sind von entscheidender Bedeutung. Sie fassen die Beziehung zwischen Männern und Frauen zusammen, die in den fünfziger Jahren die Norm war: eine Krankheit, an der beide Geschlechter litten.
Zu einem früheren Zeitpunkt in der Geschichte, als Alex noch am College ist, führe ich das Leitmotiv der Eifersucht ein. Es taucht im Zusammenhang mit einer Party der Literaturzeitschrift der College-Studenten auf; ich war Lektor einer solchen Zeitschrift.

»Irgendwann merkt Alex, daß Mary nicht mehr in seiner Nähe ist. Er sucht sie, erst in einem, dann in einem zweiten Raum voller Leute. Verwirrt schaltet er das Licht in einem Hinterzimmer an und findet seine überraschte Eurydike auf dem Schoß eines magergesichtigen Mannes, den er verachtet. Heftige Worte werden gewechselt. Jähzornig reißt Alex ein gerahmtes Gruppenbild von der Wand und schlägt es dem Kerl über den Kopf, daß das Glas splittert. Der Schnitt ist irgendwo oben auf dem Schädel, man wird die Narbe also nicht sehen, doch das Blut, die Scherben und das ganze Durcheinander sind ihm sehr peinlich.«

Diesen Zwischenfall habe ich unmittelbar aus meinem wirklichen Leben übernommen, aber er hatte nichts mit der Dame aus dem wirklichen Leben zu tun, die im Zentrum meiner Erzählung steht. Er betraf ein anderes Mädchen, das Modell für die »neue Freundin, [die] einen Trenchcoat und einen verbeulten Filzhut [trägt] und deshalb im Dunkeln leicht für einen Mann durchgehen [kann]«. In der Geschichte hat sie nur einen kurzen Auftritt.
Zurück zu Alex und Mary:

»Ein paar Tage später treffen sie Vorbereitungen, das Labor-Day-Wochenende mit Marys Eltern und dem Rest der Sippe am North Shore zu verbringen. Sie läßt ein paar Bemerkungen fallen, und Alex macht sich seinen Vers darauf: Der Freund, der seinen Anruf annahm, als sie zum letztenmal in Boston war, ist der unangenehme Mensch mit dem langen Gesicht. Wie konntest du das tun? fragt er. Ihm ist schwindlig, ein Gefühl, wie es nach der Beschreibung eines seiner Professoren einem Schlaganfall vorausgehen kann. Warum hätte ich es nicht tun sollen? erwidert sie. Ich habe nicht zum Ficken bei ihm gewohnt; das kann ich auch so jederzeit. Sie gehen spät zu Bett, aber kurz bevor es hell wird, ist er schon wieder wach. Vorsichtig, um sie nicht zu wecken, steht er auf und geht in den kleinen Garten. Marys Krankheit ist mehr als der Zeitvertreib einer Erbin. Er sieht, daß sie ein gemeinsames Leben in kalter Öde vor sich haben. Jetzt wäre der Moment, die Verlobung zu lösen, aber er kann nicht mehr zurück. Er hat sein Wort gegeben.«

Diese Konfrontation – und Alex' Entscheidung, die Verlobung nicht zu lösen – läßt das Eifersuchtsmotiv wieder anklingen. Zeit, Ort und alle unwesentlichen Details der Szene sind transponiert, aber im Kern gleicht sie einem Moment, der für meine Beziehung mit der Dame aus dem wirklichen Leben entscheidend war: dem Moment, als ich mich unter analogen, aber anderen Bedingungen mit der Aussicht auf ein gemeinsames Leben in kalter Öde abfand. Diese Kapitulation ist ein zentraler Punkt in beiden Beziehungen, in der, die ich erlebt, und der, die ich erfunden und beschrieben habe. Die Antwort auf meine Frage in der Erzählung: »Wann hat die böse Fee die Verwünschung gemurmelt, die auf ihnen lastet?« könnte lauten: in dem Augenblick, als Alex und ich die Waffen streckten.

Sehen wir uns nun Alex' und Marys Eheleben in New York an. Das Ungleichgewicht der Vermögensverhältnisse – Mary ist reich, und Alex verdient als Assistenzarzt in einer Klinik einen Hungerlohn – macht sich bemerkbar. Natürlich kommt ein Psychoanalytiker ins Bild, und seine Honorare sind eine Belastung:

»Das Muster, nach dem Alex' und Marys Eheleben ablaufen wird, hat sich schnell eingespielt. Im ersten Jahr trägt ihn der Sex mit ihr zu den äußersten Grenzen der Lust. Gleich zu Beginn des zweiten Jahrs wird Mary untröstlich: Sie versinkt in Traurigkeit. Die Fürsorge des kleinen, kurz angebundenen Mannes, der im Keller eines Brownstone-Gebäudes an der East Side haust, bewirkt nur eine flüchtige Besserung, ist aber trotzdem unentbehrlich. Gelegentlich bestellt der Untergrund-Mann Alex zu sich, stellt ihm ein, zwei Fragen, trommelt mit den Fingern auf dem Schreibtisch und entläßt ihn. Alex haßt ihn, so wie er jeden Mann haßt, der Mary nahe kommt. Abgesehen von ihrer schrecklichen Traurigkeit leben Alex und Mary wie Mami und Papi – genauer gesagt, wie Marys Mami und Papi, denn daß Alex für die Wohnung am East River oder die Renovierung oder das nette irische Hausmädchen aufkommen könnte, ist undenkbar, und den Untergrund-Mann kann er schon gar nicht bezahlen.«

Der Geldmangel, das Problem, daß Mary hohe Erwartungen an ihren Lebensstandard hat – vollkommen angemessene Erwartungen, wenn man nur ihr Vermögen und das Leben, das sie gewohnt ist, in Betracht zieht –, die Alex unmöglich erfüllen kann; die Tatsache, daß der Analytiker immer und überall gegenwärtig ist – dieser kleine, kurz angebundene Mann, der in einer Kellerwohnung haust – und die unaufhörliche Eifersucht: Material aus meinem Leben, das ich umgeformt und dem Leben von Alex und Mary angepaßt habe.
Inzwischen befinden wir uns in der Ära Nixon. Alex hat eine eigene Praxis. Die Emanzipation der Frauen schreitet schnell voran und mit ihr die Zerrüttung der Ehe.

»Alex glaubt nicht einmal, daß sie es gut mit ihm meint. Er schläft jetzt auf der Bettcouch in dem Raum, den sie sein Arbeitszimmer nennen. Wenn er nachts wach liegt, versucht er sich vorzustellen, wie es ist, alt zu werden und den Rest seines Lebens an der Seite einer Frau zu verbringen, die seine Feindin ist. Aus Fairneß nimmt er seine eigenen Gefühle unter die Lupe. Was er sieht, beschämt ihn. [...] Eines ist klar: Die Begriffe Trennung und Scheidung sind der Refrain von Marys Tiraden. Sie erklärt Alex, daß seine Abhängigkeit von ihr, sein Egoismus und sein Kontrollzwang eine Pest sind. Sie will, daß er das Haus verläßt und die Ehe aufgibt. Als er sie inständig um Nachsicht bittet und verspricht, sich zu ändern, sagt sie: zu spät, sie habe kein Vertrauen mehr zu ihm. Alex starrt auf die Öde, die sich endlos vor ihm ausdehnt, und kapituliert.«

Meiner Überzeugung nach gibt es nichts Schlimmeres, als entdecken zu müssen, daß man Seite an Seite mit dem eigenen Feind lebt und dazu verdammt ist, mit diesem Feind alt zu werden, im klaren Wissen, daß mit dem Alter die Verletzlichkeit zunehmen wird, daß vielleicht Momente physischer oder geistiger Hilflosigkeit kommen werden und daß man dann nicht auf Beistand zählen kann. Im Gegenteil, nur der alte Hohn oder noch Schlimmeres sind zu erwarten. Als ich diese Passage schrieb, fielen mir Catulls Gedichte an Lesbia ein. Der Gehalt dieser Gedichte spiegelt angeblich – mit Verzerrungen und Übertreibungen – die Beziehung zwischen dem Dichter und Clodia, einer hochgestellten Dame der römischen Gesellschaft, der Ehefrau eines Aristokraten namens Quintus Caecilius Metellus Celer, den sie vergiftet haben soll. Der Dichter erklärt uns, daß es schwer ist, »plötzlich von lang gewohnter Liebe zu lassen«: »Difficie est longum subito deponere amorem«.[1] Aber er weiß, daß es sein muß. Sonst wird er den Verstand verlieren, und er möchte geheilt werden, wieder gesund sein. Bereits vorher hatte er sich einer eisigen Erkenntnis stellen müssen, die er in einem früheren Gedicht ausdrückt:

»Nunc te cognovi: quare etsi impensius furor
multo mi tamen es vilior et levior.
›qui potis est?‹, inquis. Quod amantem iniuria talis
cogit amare magis, sed bene velle minus.«[2]

»Jetzt aber kenne ich dich; und begehre dich um so glühender, / aber zugleich bist du mir viel weniger wert und viel leichtfertiger. / Warum? fragst du. Weil solche Verletzung / den Liebenden zwingt, mehr zu lieben und weniger wohlzuwollen.«[3]

Diese Zeilen hatte ich im Sinn, als ich die Folgerung beschrieb, die Alex aus der Entdeckung zog, daß Mary seine Feindin ist: »Aus Fairneß nimmt er seine eigenen Gefühle unter die Lupe. Was er sieht, beschämt ihn.« Zwischen ihnen herrscht nun eine Art Symmetrie. Er ist nicht mehr Marys Freund.

Als ich diese bitteren Momente aus meinem eigenen Leben in das von Alex und Mary übertrug, sah mir Catull über die Schulter und leitete mich. Ich dachte an ein anderes Gedicht, in dem er Lesbia sagt, daß nichts mehr zu machen ist: Er wird ihr nicht wohlwollen, auch wenn sie die beste aller Frauen werden sollte, und er wird nicht aufhören, sie zu lieben, und wenn sie ihn noch so sehr verletzt. So vollständig ist seine Seele zerstört:

»Huc est mens deducta tua mea, Lesbia, culpa,
atque ita se officio perdidit ipsa suo,

ut iam nec bene velle queat tibi, si optima fias,
nec desistere amare, omnia si facias.«[4]

»So verwirrt ist mein Sinn durch deine Schuld, Lesbia, und so hat er sich selbst durch seine Treue zu dir zerstört, daß er dir jetzt nicht wohlwollen kann, auch wenn du noch so gütig wirst,
und das Lieben nicht lassen kann, was immer du tust.«

Der Zusammenbruch der Ehe von Alex und Mary hat einen historischen Kontext. In dem Kulturkampf, der mit den sechziger Jahren begann, waren die ersten Gefechte ausgetragen. Die Pille brachte die sexuelle Befreiung und ermutigte zum Gelegenheitssex; Potrauchen war die Eintrittskarte zum Hippyland; Pseudotalent ging ungeprüft durch, es mußte sich nur in ein Blumenkind- oder Beatnik-Banner hüllen. Bürgerliche Manieren, die als selbstverständlich gegolten hatten, verrieten jetzt die Zugehörigkeit zum feindlichen Lager. In *Der Mann, der zu spät kam* habe ich diese Zeit in Erinnerung gerufen und satirisch dargestellt. Um das Bild in der Fabel zu vervollständigen, habe ich Alex' alten College-Mitbewohner ins Spiel gebracht. Was ich von ihm berichte, ist wahr; genau das stieß dem Mann zu, der im ersten College-Jahr mein Freund war, der die Eichhörnchen im Harvard Yard mit Zyanid fütterte und dessen Geschichte den Rahmen für Alex' und Marys Mißgeschick abgibt:

»Alex trifft sich oft mit Otto, der die Universität verlassen hat und im East Village ein Café betreibt; dort lesen Dichter bis tief in die Nacht, häufig begleitet von Musik, aus ihren Werken, und man kann auch gewisse Drogen erwerben. An dem Abend, als Alex aus der Wohnung auszieht, in der er mit Mary gelebt hat, und sich in einem Apartmenthotel einquartiert, ruft er Otto an, weil er ihn besuchen möchte. Otto geht nicht ans Telefon. Alex überprüft die Nummer und versucht es noch einmal, ohne Erfolg. Am nächsten Tag findet er im Lokalteil der Zeitung die Erklärung: Der Besitzer einer Kneipe im East Village wurde vom Reinigungsdienst tot aufgefunden, man hat ihm die Kehle durchschnitten. Neben dem Artikel ist ein altes Foto von Otto abgedruckt.«

Eine Antwort auf meine Frage »Wann hat die böse Fee die Verwünschung gemurmelt, die auf ihnen lastet?« mag auch Philip Larkin mit einem außergewöhnlichem Gedicht gegeben haben:

»They fuck you up, your Mom and Dad,
They may not mean to, but they do.
They fill you with the faults they had
And add some extra, just for you.
But they were fucked up in their turn
By fools in old style hats and coats,
Who half the time were soppy-stern
And half at one another's throats«

»Sie verhunzen dich, deine Mom und dein Dad / sie wollen es nicht und tun es doch / sie packen dir die Macken auf, die sie hatten / und noch mehr dazu, extra für dich / doch sind sie selbst verhunzt / von ihren Alten, Toren in Hut und Rock von anno dazumal / die süßlich streng die halbe Zeit / genausooft einander an die Gurgel gingen.«

•

In dieser Zeit wendeten unzählige verhunzte vermögende junge Männer und Frauen unzählige Stunden und Dollars auf, um auf den Couchen von Analytikern alten Stils die Höhlenkunde der Seele zu üben. Die Resultate waren zwangsläufig gemischt. Gute Feen können mehr, sagt man. So war es im Fall von Alex und Mary.

> »Bald nach der Scheidung von Alex heiratete Mary den Mann mit dem mageren Gesicht und der Melone, sie gebar ihm zwei Kinder, ließ sich wieder scheiden und heiratete zum dritten Mal. Der derzeitige Gatte ist der Untergrund-Mann, nicht der erste seines Faches, der Trost bei einer Patientin fand.«

Das nicht so glückliche Ende, das ich mir in der Fabel für Mary ausdachte, ist reine Erfindung; die Geschichte der Dame im wirklichen Leben hat damit keinerlei Ähnlichkeit. Für Alex endet das Märchen viel besser:

> »Dann kam eine lächelnde Dame, so schön und fein, daß alle, die sie sahen, glaubten, sie müsse eine verkleidete Prinzessin sein, schloß Alex in die Arme und löste den Fluch. Sie verwandelte ihn nicht aus einem Frosch wieder in jenen Alex zurück, der er vorher gewesen war; nein, ihre Zauberkunst war stärker: Sie machte ihn zu einem neuen Mann, er ist besänftigt und vertrauensvoll. Bis zum heutigen Tag leben die lächelnde Dame und Alex glücklich zusammen.«

Catull ist seit mehr als fünfundfünfzig Jahren mein ständiger Begleiter. Der schmale Band mit seinen Gedichten liegt oft auf meinem Nachttisch. Mir war es gleichgültig, ob der

Dichter Lesbia gerecht behandelte oder verunglimpfte, als er – zum Beispiel im carmen 58 – schrieb:

»Caeli, Lesbia nostra, Lesbia illa,
illa Lesbia, quam Catullus unam
plus quam se atque suos amavit omnes,
nunc in quadriviis et angiportis
glubit magnanimi Remi nepotes.«[5]

»Caelius, unsre Lesbia, diese Lesbia, / Lesbia, die einzige, die Catullus mehr liebte / als sich selbst und alle die Seinen, / sie steht jetzt an Kreuzwegen und in Gassen und / befriedigt die Nachfahren des großmütigen Remus.«

Hat die wirkliche Lesbia sich prostituiert, oder war die Anklage des Dichters eine Verleumdung? Wo und wie hat sie ihr Gewerbe betrieben, falls sie eine Amateur-Prostituierte war? War der Dichter, auch wenn alles stimmte, was er über sie schrieb, trotzdem weiter mit ihr liiert? Hielt sich Lesbia wirklich den Spatz als Haustier, »passer, deliciae meae puellae« (»Sperling, reizender Liebling meines Mädchens«, den Catull im c. 2 anredet, und ließ sie den Vogel wirklich an ihrem Zeigefinger picken – »cui primum digitum dare appetenti«?[6] Nehmen wir einmal an, wir könnten Catull wieder ins Leben rufen oder ihn in den elysischen Gefilden erreichen und ihn bitten, in seinen sehr offenherzigen Gedichten die autobiographische Wahrheit von reiner Erfindung oder stilistischen Kunstgriffen zu trennen – ungefähr so wie ich es mit meiner Fabel versucht habe. Würde es eine Rolle spielen, wenn sich nach Maßgabe der Tatsachen herausstellen sollte, daß Lesbias Prostitution nur eine Metapher für etwas genauso Abstoßendes oder noch Schlimmeres war oder daß der Spatz nur als eleganter Konzetto in einem eleganten Kompliment diente? Für mich ist die verzweifelte, mehrmals wiederholte Klage des Dichters wichtig – »Lesbia nostra, Lesbia illa, illa Lesbia«. Er trauert über Lesbia, als wäre sie tot, dieselbe Lesbia, der er im c. 72 versichert, auch als sie ihm gesagt habe, sie liebe nur ihn und ihn mehr als Jupiter:

»dilexi tum te non tantum ut vulgus amicam,
sed pater ut gnatos diliget et generos.«[7]

»Damals habe ich dich nicht geliebt wie der Pöbel den Bettschatz / sondern wie ein Vater seine Söhne und Schwiegersöhne.«

Stellen wir uns jetzt einen Augeblick lang vor, durch ein Wunder der historischen Forschung wäre erwiesen, daß Catull seine Lesbia zur fraglichen Zeit mit irgendeiner Flavia oder Livia betrogen hätte oder daß andere Elemente in seinem Verhalten Lesbia wenigstens teilweise entlasten würden und beide gleich viel Schuld trügen. Würde mich das Gedicht daraufhin weniger erschüttern? Mit Sicherheit nicht. Seine Kraft beruht auf seinem psychologischen Einfühlungsvermögen und dem poetischen Ausdruck, nicht darauf, daß es die Wahrheit über Catull oder die Dame namens Lesbia berichtet.
Ich hoffe, ich habe Sie dazu gebracht, daß Sie sich jetzt fragen, ob es wirklich sinnvoll ist, in einem Werk, das der Autor nicht als Lebenserinnerung oder Autobiographie gedacht hat, nach Spuren seiner Biographie zu suchen. Was meinen Fall betrifft, bin ich überzeugt, daß nicht meine alltägliche Realität interessant ist, sondern vielmehr das litera-

rische Produkt, das sich aus ihrer Umformung ergeben hat. Ich muß noch eine Warnung hinzufügen: Das, was sich in meinem Werk wie die alltägliche »Wahrheit« über mein Leben ausnehmen mag, ist vielleicht gar nicht »wahr«, aus Gründen, die weniger mit meiner Neigung zum Schwindeln zu tun haben als mit dem Schaffensprozeß. In den letzten Jahren sind viele Memoiren mit Enthüllungen erschienen, die viel peinlicher und oft verletzender für die in diesen Büchern sezierten Personen – einschließlich der Autoren – sind als alles, was ich hätte schreiben können, falls ich mich entschlossen hätte, meinem Freund David Kuhn für seine Sammlung autobiographischer Texte zum Thema Bindung keine Erzählung, sondern eine Kurzbiographie zu liefern. Die Bandbereite der erwähnten Memoiren ist groß. An einem Ende steht Kathryn Harrisons *The Kiss*, eine Darstellung ihrer inszestuösen Beziehung zu ihrem Vater, und am entgegengesetzten Ende Nora Ephrons charmantes *Heartburn*, der Bericht über das Scheitern ihrer Ehe mit Carl Bernstein. Mein Fall liegt anders. Auch ohne den Schutzschild, den die Form der Erzählung bietet, hätte ich die Werkzeuge des Romanciers behalten und benutzt. Ich hätte die Leser nicht in mein Inneres blicken lassen, einfach weil das nicht in meiner Natur als Verfasser erfundener Geschichten liegt. Statt dessen hätte ich die kläglichen Fakten meiner Erfahrung ediert und korrigiert, umgeordnet und mit einer Struktur versehen, die das unvermeidliche Ergebnis unüberlegter Handlungen mit größerer Klarheit zeigt, als man im wirklichen Leben erreichen kann. Und unterdessen wären alle meine erfundenen Personen, meine wunderbaren Charaktere, die mir – und hoffentlich meinen Lesern – lieb sind, verlorengegangen, und nicht nur sie, sondern vielleicht noch viel mehr, denn in Memoiren hätten sie keinen Platz gehabt. Die hätten vielleicht andere Reichtümer enthalten. Aber diese Reichtümer sind noch nicht schriftlich niedergelegt, also kann man auf der Suche nach Spuren meiner Biographie in meinen Romanen nicht fündig werden.

Bibliographie

1 Catull, *Sämtliche Gedichte*, Lateinisch und deutsch, aus dem Lateinischen von Carl Fischer, mit einem Nachwort von Bernhard Kytzler, Frankfurt am Main: Insel 1995, c. 76, S. 176 f.
2 Ibid., c. 72, S. 174.
3 Die deutschen Catull-Passagen weichen von der Übersetzung Carl Fischers ab. Anmerkung des Verlags: Begley hat die Gedichte für die Vorlesungen selbst ins Englische übersetzt. Diese Ausgabe folgt Begleys Version.
4 Ibid., c. 75, S. 176.
5 Ibid., c. 58, S. 78. Begley weicht an dieser Stelle allerdings von der Insel-Ausgabe ab. Anstatt »magnanimos Remi nepotes« wählt er die Variante »magnanimi Remi nepotes«.
6 Ibid, c. 2, S. 10 f.
7 Ibid., c. 72, S. 174.

Dritte Vorlesung

Am Ende der ersten Vorlesung habe ich gesagt, daß Marcel Proust sich mit Kafka die Ehre teilt, der moderne Meister zu sein, dessen Leben von Biographen, Philologen und Kritikern, die auf der Suche nach einem Stein von Rosetta zur Entschlüsselung seines Werks sind, besonders emsig durchstöbert wird. Für die Proustverehrer kam der Durchbruch, als 1959/1965 George D. Painters ausführliche, zweibändige Biographie erschien, in der Painter die Erfahrungen des Ich-Erzählers in *Auf der Suche nach der verlorenen Zeit* als komplizierte, aber kaum verschleierte Darstellung von Prousts Leben behandelte. Für Painter war auch Prousts Homosexualität samt ihren vielen Problemen, die Proust selbst mit allen Mitteln hatte verbergen wollen, kein Tabu mehr. Die Fahndung nach Personen, die verborgen unter der Maske des anderen Geschlechts im Roman auftauchen, wurde zum Gesellschaftsspiel, denn wenn Albertine, eine der *jeunes filles en fleur,* in Wirklichkeit Albert Agostinelli war, Prousts Chauffeur, »Sekretär«, Liebhaber und, in seinem letzten Avatar, ein hoffnungsvoller Pilot, wieviel mehr Männer in Frauenkleidern feierten dann im Roman einen Maskenball?

Daß *Auf der Suche nach der verlorenen Zeit* ein Schlüsselroman sei, stand für Prousts Zeitgenossen in der Pariser Gesellschaft wie für die französischen Rezensenten fest, und als *Im Schatten junger Mädchenblüte,* der zweite Band des Romans, erschien, begann eine Schatzsuche nach dem Schlüssel zum Buch, die bis heute nicht beendet ist: Wie viele Züge der Gräfin Greffulhe hatte Proust seinem Porträt der Herzogin von Guermantes, der Königin seines Fau-

bourg de St. Germain gegeben; war der aristokratische Dandy und zeitweilige Mentor Prousts, Graf Robert de Montesquiou-Fezensac, das einzige Modell für den Baron Charlus, oder ist er eine Montage; wer waren Odette oder Vinteuil oder Bergotte im wirklichen Leben?
Die unerhörte Menge von Prousts Korrespondenz – Philip Kolb, der amerikanische Meistersammler, hat erklärt, die fünftausend Exemplare, die er in seiner zwanzigbändigen Briefausgabe zusammengestellt hat, seien wahrscheinlich nur fünf Prozent von Prousts gesamtem Briefwechsel – eröffnet heutigen Forschern eine ganze Welt, ist aber auch eine Quelle vieler Enttäuschungen. Proust gefiel sich im Vernebeln und Vertuschen – eine Eigenschaft, die für Romanciers nicht ungewöhnlich ist und sich in seiner Korrespondenz deutlich dokumentiert. Zum Beispiel waren sich Prousts Zeitgenossen – Leser, die sich in der Pariser Gesellschaft auskannten – darin einig, daß die Gräfin Greffulhe tatsächlich das Vorbild für die Herzogin von Guermantes sei. Proust aber schrieb an Gabriel de la Rouchefoucauld:

> »la Duchesse de Guermantes qui est tout le monde et personne est en tout cas exactement le contraire de Madame G[reffulhe].«[1]

> »Die Herzogin von Guermantes ist alle und niemand zugleich und jedenfalls das genaue Gegenteil von Madame G[reffulhe].«

Eine andere Version der Angelegenheit präsentiert er in einem Brief an den Herzog von Guiche, den Schwiegersohn der Gräfin Greffulhe:

»La Me de Guermantes qui pendant cinq lignes ressemble à Madame Greffulhe, n'est nullement la Duchesse de Guermantes dans le salon de qui on cause pendant tout un volume, mais sa cousine la princesse de Guermantes.«[2]

»Die Me von Guermantes, die fünf Zeilen lang Madame Greffulhe ähnelt, ist absolut nicht die Herzogin von Guermantes, in deren Salon man einen ganzen Roman lang plaudert, sondern ihre Kusine, Prinzessin Guermantes.«

In einem kurz nach dem 15. Januar 1920 geschriebenen Brief an den Journalisten und Literaturkritiker Jean de Pierrefeu erklärt er:

»Quant aux portraits il n'y en a pas un seul dans mes romans. Un personnage que j'invente peut avoir un haussement d'épaules tel que ma mémoire me fournit comme un peintre consulte un album de croquis, mais alors un personnage est 20 personnages.«[3]

»Was die Porträts angeht, gibt es kein einziges in meinen Romanen. Eine Persönlichkeit, die ich erfunden habe, zuckt vielleicht die Achseln entsprechend einem Bild aus meinem Gedächtnis, so wie ein Maler ein Album mit Skizzen zu Rate zieht, aber dann besteht diese Persönlichkeit aus 20 anderen.«

Baron Charlus, diese brillante Erfindung, stellte für Proust ein besonderes Problem dar: Er wußte, daß Montesquiou sich sofort in Charlus wiedererkennen würde. Und mit größter Wahrscheinlichkeit würden ihn auch andere erkennen. Montesquious Jähzorn war sprichwörtlich, also fürchtete Proust einen Wutausbruch. Um diesen zu verhindern, schrieb er nach der Veröffentlichung von *Die Welt der Guermantes*, dem Band, in dem die Homosexualität des Barons und andere, Montesquiou eigene Charakterzüge zum erstenmal in aller Deutlichkeit gezeigt werden, eine geschickte, aber unaufrichtige Antwort auf einen Brief von Montesquiou, in der er die Vermutung von sich wies – die Montesquiou wohlweislich nicht ausgesprochen hatte –, daß sein Buch ein Schlüsselroman sei:

»Dans tout l'ouvrage (je ne parle pas des volumes, mais de l'ensemble des volumes), il y a à peine deux ou trois clés et qui n'ouvrent qu'un instant... Si vous vous rappelez vaguement À l'ombres des jeunes filles en fleurs... au moment où M. de Charlus me regarde fixement et distraitement près du Casino, j'ai pensé un instant à feu le baron Doalan [sic], habitué du salon Aubernon et assez dans ce genre. Mais je l'ai laissé ensuite et j'ai construit un Charlus beaucoup plus vaste, entièrement inventé.«[4]

»In meinem gesamten Werk (ich spreche nicht von einzelnen Bänden, sondern von ihrer Gesamtheit) gibt es kaum zwei oder drei Schlüssel, und sie öffnen nur für einen Moment... Wenn Sie sich noch ungefähr an Im Schatten junger Mädchenblüte erinnern... in dem Augenblick, als M. de Charlus mich in der Nähe des Casinos geistesabwesend und intensiv ansieht, habe ich an den verstorbenen Baron Doalan [sic] gedacht, einen Habitué des Salon Aubernon, und so wie diese Leute sind. Aber dann habe ich mich von ihm entfernt und einen weitaus vielschichtigeren, ganz und gar erfundenen Charlus konstruiert.«

Ein aufmerksamer Leser wird bemerken, daß Proust sich vertan hat: Er schreibt, daß der Baron *ihn*, nicht den Erzähler ansieht. In der Korrespondenz vertut er sich oft in dieser Weise.

Die Lage beruhigte sich, auch deshalb, weil Montesquiou nicht besonders erpicht auf die Ehre war, als Modell für Baron Charlus gedient zu haben; deshalb machte er Proust von sich aus einen anderen Vorschlag: Charlus sei in Wahrheit eine Neuerfindung von Balzacs großartigem Charakter Vautrin, dem entflohenen homosexuellen Sträfling, der in der *Menschlichen Komödie* in vielen Verkleidungen auftaucht und für den kometengleichen Aufstieg Lucien Rubemprés in *Verlorene Illusionen* verantwortlich ist.

Wenn man Wert darauf legt, in Charlus einen von Prousts Bekannten aus dem Faubourg St. Germain wiederzuerkennen, wird dieses Unternehmen noch zusätzlich durch den historischen Hintergrund verkompliziert, mit dem Proust den Baron bewußt ausstattete; er machte ihn zum Gegenstand einer ausgeklügelten Anekdote, die Robert de Saint-Loup, Charlus' Neffe, dem Erzähler berichtet. Um dessen Verdacht zu zerstreuen, daß M. de Charlus homosexuell sei, erzählt ihm Saint-Loup, ein Mann habe einem Freund des Barons einen unsittlichen Antrag gemacht und der Baron sei darüber so wütend geworden, daß er den Schuldigen mit Hilfe einiger adliger Bekannter zu einem vorgetäuschten Rendezvous gelockt, verprügelt und nackt auf die Straße gejagt habe. Leser, denen die homosexuelle Folklore vertraut ist, werden diese Anekdote jedoch anders verstehen, nämlich als eine Anspielung auf einen berühmten historischen Vorfall im Zusammenhang mit dem Marquis Astolphe de Custine, einem vor allem durch seine *Briefe aus Rußland 1839* bekannten französischen Autor, der zufällig der

erste offen mit einem anderen Mann zusammenlebende Homosexuelle der Pariser High-Society war.
Custine war folgendes zugestoßen: Eine Weile bevor er die Lebensgemeinschaft mit einem Freund aufnahm, machte er einem in Vincennes stationierten Soldaten einen Antrag. Der Soldat, entrüstet über diese Verletzung seiner Würde und Mannesehre, erzählte seinen Kameraden davon und lockte Custine mit ihrer Hilfe in eine Falle. Der Marquis kam an den verabredeten Ort, zum Stelldichein, wie er glaubte, und wurde statt dessen von dem Soldaten und dessen Kameraden verprügelt, seines Geldes und seiner Kleider beraubt und mußte, obwohl es Winter war, nackt und barfuß nach Paris zurücklaufen. Obwohl Custines Mißgeschick in der Anekdote über Charlus sofort erkennbar ist, nahm Proust zugunsten seines Romans eine raffinierte Umkehr der Rollen vor: In seiner Version der Anekdote will ein verdeckter Homosexueller – Charlus – einen anderen Homosexuellen bestrafen, weil dieser eine offene und unwillkommene Geste gewagt hat. Diese Inversion verlieh der Anekdote für den Geschmack Prousts und der Leser, die zur »Clique« gehörten, zusätzliche Würze, denn es war eine Eigenart des Barons, daß er beide Rollen genoß, die des Wächters über die konventionelle Moral gegenüber einem Homosexuellen und die Opferrolle, die er spielte, wenn er als vornehmer homosexueller Aristokrat von einer Horde wütender Männer verprügelt wurde. Diese bizarre Anekdote und das Motto des Barons *qui aime bien châtie bien,* wer heftig liebt, straft heftig, dienen damit einem spezifischen Zweck: Sie bereiten die spätere Szene vor, in der Marcel, der Erzähler, seiner Gewohnheit entsprechend durch ein Schlüsselloch blickt und sieht, wie Charlus in einem Schwulenbordell an ein Bett angekettet ist und von einem Strichjungen geschlagen wird.

Eine andere von Prousts großartigen Figuren, die bei den Spurensuchern besondere Neugier auf ihr Ebenbild im wirklichen Leben weckt, ist Odette de Crécy, die Kokotte, die als Kind von ihrer Mutter an Monsieur de Crécy, einen ältlichen Lebemann, verkauft wurde und später Gegenstand von Charles Swanns verzweifelter Eifersucht wird und damit in *Eine Liebe von Swann*, dem zweiten Teil von *In Swanns Welt*, dem ersten Band des Romans, eine Hauptrolle spielt. Odette heiratet am Ende Swann. Nach seinem Tod wird sie die Frau ihres ehemaligen Liebhabers Graf de Forcheville; dieser ist ein Aristokrat, der weder über das Vermögen noch die Eleganz noch die guten Beziehungen Swanns verfügt, aber eine Trumpfkarte in der Hand hält, die in der offen antisemitischen und gegen Dreyfus eingestellten Welt des Faubourg St. Germain unschlagbar ist: Er ist kein Jude. Als Madame de Forcheville führt sie einem Salon, in dem sich Antidreyfusards treffen, eine Basis, die ihren Aufstieg zur Achtbarkeit erleichtert. Sie empfängt Damen des Faubourg St. Germain, ein Zustand der Glückseligkeit, von dem sie in ihrer langen Laufbahn als eine von Swann und anderen reichen Männern ausgehaltene Halbweltdame nicht einmal hätte träumen können. Laura Hayman, selbst eine gefeierte Kokotte der Zweiten Republik – sie war unter anderem die Mätresse des Herzogs von Orléans, des griechischen Königs und Louis Weils, eines Großonkels von Proust – hatte 1922 genug von *Auf der Suche nach der verlorenen Zeit* gelesen, um überzeugt zu sein, daß sie das Modell für Odette de Crécy war. Sie machte Proust Vorwürfe wegen seiner Indiskretion. Proust stritt ab, daß er Madame Hayman als Modell benutzt habe – trotz der wundersamen Koinzidenz, daß der Erzähler Odette als *dame en rose* ausgerechnet im Haus seines Onkels trifft, mit dem sie offenkundig sehr vertraut ist, und daß Laura Hayman im wirklichen Leben die Mätresse von Prousts Großonkel war. Er ging sogar darüber hinweg, daß er Odette mit einem »kleinen *hôtel particulier* in der Rue La Pérouse, hinter dem Arc de Triomphe«, also da, wo Madame Hayman wohnte, ausgestattet hatte, und versicherte »auf Ehre«:

»Odette de Crécy non seulement n'est pas vous, mais est exactement le contraire de vous. Il me semble qu'à chaque mot qu'elle dit, cela se devine avec une force d'évidence. Il est même curieux qu'aucun détail de vous ne soit venu s'insérer au milieu du portrait différent. Il n'y a peut-être pas un autre de mes personnages les plus inventés de toute pièce, où quelque souvenir de telle autre personne qui n'a aucun rapport pour les reste, ne soit venu ajouter sa petite touche de vérité et de poésie... Je ne saurais décrire l'appartement de l'Avenue du Trocadéro, ni l'Hôtel de la rue Lapérouse [sic!], mais je me souviens d'eux comme du contraire de la maison d'Odette. J'ai signalé dans un article des Œuvres Libres la bêtise des gens du monde qui croient qu'on fait entrer ainsi une personne dans un livre. J'ajoute qu'ils choisissent généralement la personne qui est exactement le contraire du personnage... Vous me lisez, et vous trouvez une ressemblance avec Odette! C'est à déspérer d'écrire des livres... Les femmes du monde ne se font aucune idée de ce qu'est la création littéraire, sauf celles qui sont remarquables. Mais dans mon souvenir vous étiez justement remarquable. Votre lettre m'a bien déçu.«[5]

»Odette de Crécy ist nicht nur nicht Sie, sondern genau das Gegenteil von Ihnen. Mir scheint, bei jedem Wort, das sie äußert, wird dies in aller Deutlichkeit klar. Es ist sogar merkwürdig, daß kein Detail Ihrer Person in dieses so andersartige Porträt hineingeraten ist. Von meinen völlig frei erfundenen Gestalten ist sie vielleicht die einzige, die zu dieser oder jener lebenden Person in keinerlei Beziehung steht und nicht einmal ein Fünkchen Wahrheit und Dichtung mit ihr gemein hat. [...] Ich könnte weder die Wohnung in der Avenue du Trocadéro noch das Haus in der Rue Lapérouse [sic!] beschreiben, doch ich entsinne mich, daß jene beiden ganz anders aussehen als das Heim von Odette. [...] In einem Artikel für die *Œuvres Libres* habe ich die Torheit der Leute von Welt bloßgestellt, die der Ansicht sind, auf diese Art und Weise bringe man lebende Personen in ein Buch. Außerdem behaupte ich, daß sie meistens gerade auf jene lebende Person verfallen, die überhaupt nichts mit der im Buch geschilderten Figur gemein hat. [...] Sie lesen mein Buch und stellen eine Ähnlichkeit zwischen sich und Odette fest! Darüber könnte man am Bücherschreiben verzweifeln [...] Die Damen der Gesellschaft haben meist keine Ahnung, was literarisches Schaffen heißt, außer jenen, die bemerkenswert sind. In meiner Erinnerung waren Sie bemerkenswert... Ihr Brief hat mich sehr enttäuscht.«[6]

Im folgenden erwähnt er, daß eine andere berühmte Kokotte, La Closmenil, ein mögliches Modell gewesen sei, wenn es denn eines gegeben habe.

Womöglich sagte Proust in diesem hysterischen, aber keineswegs untypischen Ausbruch Madame Hayman die reine Wahrheit. Wenn nicht, entschädigte er sie für die Lüge, indem er ihr verriet, wie Romanciers Material aus ihrem Le-

ben verwenden und wie sie sich winden, sobald sie deshalb zur Rede gestellt werden.
Wollte ich mit diesen Beispielen für die Ausweichmanöver eines großen Romanciers einen versteckten Hinweis darauf geben, daß ich mich in diesen Vorlesungen genauso wie er verhalte, wenn ich Auskunft über das Material aus dem wirklichen Leben gebe, das ich für meine eigenen Romane benutzt habe?
Ich kann mit gutem Gewissen versichern, daß Irreführung nicht in meiner Absicht lag. Es ist allerdings gut möglich, daß ich mich selbst bezüglich des Materials irre, das ich für die Komposition meines Werks benutzt habe, und daß ich es vermied, Dinge zur Sprache zu bringen, die mir peinlich sind, und Quellen preiszugeben, über die Auskunft zu geben mir nicht zusteht. Trotz dieser Einschränkungen sind meine Angaben sicherlich nicht irreführender als vergleichbare Bekenntnisse in den Briefen oder Tagebüchern anderer Romanciers, Proust nicht ausgenommen. Es ist immer schwierig, Wahrheiten des wirklichen Lebens dingfest zu machen, ganz unabhängig von der bewußten oder unbewußten Zensur, die man üben mag. Darüber hinaus schafft der Romancier mit dem Material der Erinnerungen an wirkliche Ereignisse eine eigene Realität, die oft in seiner Vorstellung viel lebendiger wird als das, was er seinem Gedächtnis entnimmt. Es dauert nicht lange, bis diese neue, lebendige Realität, die er auf den Buchseiten niederschreibt, die älteren Erinnerungen verwischt. Wie könnten wir zuversichtlich behaupten, Fakten von Erfundenem unterscheiden zu können, wenn dieser Prozeß einmal in Gang gekommen ist? Meine Erfahrung mit *Lügen in Zeiten des Krieges* ist ein typischer Fall. Wie ich in der ersten Vorlesung berichtet habe, waren meine Erinnerungen an die Zeit, von

der dieser Roman handelt – die ersten zwölf Jahre meines Lebens –, allmählich verblaßt, als ich mit beinahe sechsundfünfzig Jahren anfing, das Buch zu schreiben. Nur herausragende Ereignisse und herausragende Persönlichkeiten waren mir zuverlässig im Gedächtnis geblieben. Alles übrige und besonders die Textur des Alltagslebens mußte erfunden werden. Das war ein ausschlaggebender Grund dafür, daß ich einen Roman und keine Memoiren schrieb. Vielleicht noch wichtiger waren andere Gründe für mich: Ich glaubte, nicht über meine Mutter schreiben zu können, solange sie noch am Leben war, und es widerstrebte mir zutiefst, ohne den Schutz, den die Romanform bietet, über mich selbst zu schreiben.

Im Zusammenhang mit Prousts ausweichenden Antworten ist noch etwas zu bedenken. Die wenigsten Romanciers sind nur auf eine Erinnerung oder ein einziges Thema fixierte Monomanen. Die meisten haben mehr Ähnlichkeit mit Isaiah Berlins Füchsen, die vieles wissen und an vieles denken, als mit seinen Igeln, die nur eines wissen, das aber genau. Proust war sicherlich ein Fuchs. Wenn er also auf die Frage, wer Madame de Guermantes oder Charlus im wirklichen Leben seien, widersprüchliche Antworten gibt, spiegeln diese Antworten womöglich die Wirklichkeit des Schaffensprozesses wider, der im Ausborgen, Verschmelzen und Transponieren besteht. Wie hätte er zum Beispiel zugeben können, daß Gräfin Greffulhe das Modell für Madame de Guermantes gewesen sei, da er sich für sie auch Charakterzüge der Madame Émile Straus und der Gräfin de Chevigné und vielleicht noch anderer ausgeborgt hatte, ganz zu schweigen von den Zügen, die er einfach erdichtet hatte? In einem Brief an Paul Souday, einen sehr mächtigen Literaturkritiker, räumte er seine Dankesschuld ein und erklärte, im Gegensatz zu Saint-Simon, der den Esprit der Damen aus dem Haus Mortemart, unter ihnen Madame de Montespan, ständig behaupte, aber nie anschaulich darstelle, habe er, Proust, Madame de Guermantes mit Beispielen für »l'esprit de Guermantes« – so wird er in *Auf der Suche nach der verlorenen Zeit* genannt – ausgestattet. Das einzige Vorbild für diesen Esprit, das er habe finden können, sei allerdings eine Bürgerliche gewesen, Madame Émile Straus, die Witwe Bizets. Er verwendete nicht nur deren Vokabular – ohne ihren Namen preiszugeben, da sie ihm dies untersagt hatte –, sondern modellierte auch die Gesprächsführung der Herzogin von Guermantes nach dem Muster der Konversation der Madame Straus.

Dieselbe komplexe Wirklichkeit des Schaffensprozesses läßt alle Romaninterpretationen zweifelhaft erscheinen, die sich lediglich auf eine der vielfältigen Facetten im Werk des Romanciers stützen. Ich muß dazu sagen, daß ich es für ein sehr zweifelhaftes Unternehmen halte, erfundene Geschichten als Allegorien oder Parabeln oder literarische Puzzles aufzufassen, die vom Leser Detektivarbeit verlangen, es sei denn, ein Werk ist dem Verständnis oder dem Lesegenuß nicht unmittelbar zugänglich. Es mag vernünftig sein, Werke zu interpretieren, die, unabhängig von ihrer Gattung, Parabelcharakter haben: Das gilt zum Beispiel für Swifts *Gullivers Reisen* oder Orwells *Farm der Tiere* oder La Fontaines »Die Grille und die Ameise«. Ohne Interpretation erreicht die Botschaft – denn diese Werke sollen eine Botschaft übermitteln – vielleicht den Leser nicht. Aber ist es wirklich notwendig, *Auf der Suche nach der verlorenen Zeit* zu interpretieren? Die ästhetischen Voraussetzungen des Werks sind wohl komplex; es geht um das Verhältnis von Erinnerung und Kunst und um die Rolle, welche die

Zeit dabei spielt, aber Proust illustriert das Thema auf eine Weise, die von einem Philologen oder Literaturkritiker kaum verbessert werden kann.
Als Beispiel dafür nehme ich eine Lesart von Prousts Roman, die ich schon erwähnt habe, eine Lesart, die mir falsch erscheint und zugleich emblematisch für die unseligen Ergebnisse von Interpretationen, die das Leben des Schriftstellers zum Ausgangspunkt nehmen. Es geht um Albertine, eine der *jeunes filles en fleur*, denen der Erzähler in Balbec begegnet, einer dichterischen Version von Cabourg, dem Badeort in der Normandie, an dem Proust sich häufig aufhielt. Daß der Erzähler sich in sie verliebt, ist nicht ganz zutreffend; genauer gesagt, es verhielt sich anders: Als sie ihn erst einmal eifersüchtig gemacht hatte, kam es gar nicht mehr darauf an, ob er sie liebt. Der springende Punkt war, daß er das Risiko, sie zu verlieren, nicht mehr eingehen konnte. Gegen jede Wahrscheinlichkeit bestand seine Lösung darin, daß er sie während einer längeren Abwesenheit seiner Eltern in deren Wohnung in einem Zimmer neben seinem unterbrachte. Er überwachte sie ständig, versuchte psychologische Spiele mit ihr, in der Hoffung, ihr das Maß seiner Eifersucht zu verbergen, und trieb sie damit in eine Verzweiflung, die sie schließlich nicht mehr ertragen konnte. Sie flieht, und Françoise, Köchin und Faktotum der Familie, kann die fatalen Worte aussprechen: »Mademoiselle Albertine est partie.« Von diesem Moment an sind Angst und Verzweiflung des Erzählers grenzenlos. Er unternimmt panische, unsinnige Versuche, sie zurückzuholen, aber bevor sie zum Erfolg führen können, hat Albertine einen tödlichen Reitunfall. Der Erzähler kommentiert: »Ce malheur était le plus grand de ma vie.«
Die Interpretation, der zufolge Albertine ein Mann ist, geht davon aus, daß ein homosexueller Autor generell alle Liebe,

die nicht das Verhältnis zwischen Eltern und Kindern betrifft, als homosexuell auffassen muß, und sie beruft sich auf Ähnlichkeiten zwischen dem, was Agostinelli im wirklichen Leben und dem, was Albertine im Roman zustieß. Man kann auch noch andere Indizienbeweise anführen: Proust lernte Alfred Agostinelli in Cabourg kennen, an dem Ort, der im Roman in Balbec umgedichtet ist, wo der Erzähler Albertine kennenlernte. Im Sommer 1913, gleich zu Beginn der Affäre mit Agostinelli, reiste Proust überstürzt aus Cabourg ab und nahm Agostinelli (und Anna Square, die Begleiterin des jungen Mannes) mit. Der Erzähler wiederholt die Aktion, indem er mit Albertine nach Paris aufbricht. In Paris wurde der junge Mann offiziell Prousts Sekretär und gehörte zu seinem Hausstand. Er stand unter strenger Aufsicht, so wie Albertine vom Erzähler überwacht wird. Im Sommer 1914 war Agostinelli dies leid und floh mit Anna Square – wie Albertine flüchtet. Proust war untröstlich. Er versuchte, ihn zurückzulocken – dasselbe versucht der Erzähler mit Albertine. Während er sich noch darum bemühte, stürzte das von Agostinelli gesteuerte Flugzeug über dem Mittelmeer ab: Die Analogie zu den Umständen von Albertines Festsetzung, Flucht und Reitunfall ist deutlich. Und damit ist das Beweismaterial noch nicht erschöpft: Den vorletzten Band des Romans, *Die Flüchtige,* den Band, in dem Albertine den Erzähler verläßt, überarbeitete Proust ausführlich, um der Katastrophe Rechnung zu tragen, die Agostinellis Flucht für sein wirkliches Leben bedeutete.

Sind dies Gründe, *Auf der Suche nach der verlorenen Zeit* so zu lesen, als sei die Geschichte von der Beziehung des Erzählers zu Albertine, von seiner Liebe und Eifersucht, eine Geschichte von zwei homosexuellen Männern? Verlangt

der Text diese Interpretation, weil er ohne sie nicht verständlich wäre? Ist es eine Lesart, die den Text anreichert, so wie eine allegorische Lesart zum Beispiel *Moby Dick* reicher macht? Meiner Meinung nach nicht; ich bin vielmehr überzeugt, daß eine Interpretation, die Albertine in Agostinelli verwandelt, den Roman verzerrt und ärmer macht. Sie nimmt Prousts wunderbar beobachteten, zartfühlenden Darstellungen Albertines und ihrer Freundinnen den Charme. Er schildert diese *jeunes filles en fleur* als junge Frauen, nicht als Epheben in Röcken oder, in Albertines Fall, als ein Bübchen in den herrlichen, von den besten Modeschöpfern geschaffenen Gewändern, die der Erzähler ihr nach umständlichen, lerneifrigen Beratungen mit der Herzogin von Guermantes schenkt.
Dazu schreibt Milan Kundera:

> »Ganz gleich, ob ein Mann oder eine Frau ihr Vorbild war, Albertine ist Albertine und sonst nichts! Ein Roman ist das Produkt einer Alchemie, die eine Frau in einen Mann verwandelt, einen Mann in eine Frau, Schlamm in Gold, eine Anekdote in ein Drama! Diese göttliche Alchemie ist es, die jedem Romancier Macht verleiht, sie ist das Geheimnis des Glanzes seiner Kunst! [...] Kaum hatte man mir erklärt, Albertine sei ein Mann, setzte sich diese unnütze Information in meinem Kopf fest wie ein Virus, das ein Computerprogramm befällt. Ein Mann hatte sich zwischen mich und Albertine gedrängt; er verwischte ihr Bild, untergrub ihre Weiblichkeit [...] ab und zu erschien ein Schnurrbart auf der zarten Haut ihres Gesichts.«

Eine andere Verzerrung betrifft eine wichtige Dynamik in der Eifersucht des Erzählers. Diese zwanghafte Eifersucht entzündet sich an dem Verdacht, daß Albertine Affären mit Frauen hat. Wenn Albertine ein Mann ist, müssen wir dann in einer Übertragung annehmen, daß die Eifersucht des Erzählers sich auf Affären bezieht, die eine in einen Mann verwandelte Albertine mit Frauen hat oder haben könnte? Oder würde es sich um Affären mit anderen Männern handeln, analog zur Struktur der Eifersucht des Erzählers, die sich auf gleichgeschlechtliche Beziehungen richtet? Ähnliche Operationen wären nötig, um Prousts allgemeine Erforschung lesbischer Liebe, die ein Hauptthema des Romans ist, verständlich zu machen: zum Beispiel die hochbedeutsame Geschichte von Mademoiselle Vinteuil und ihrer lesbischen Freundin. Albertine zu einem Mann zu machen bedeutet überdies eine grobe Vereinfachung von Prousts Sicht der Homosexualität. In seinem Roman sind nicht alle Homosexuellen ihrem Wesen nach Frauen, und ich bezweifle, daß er sich Agostinelli als eine Frau gedacht hat. Allerdings kommen *hommes-femmes*, Männer die Frauen sind, in *Auf der Suche nach der verlorenen Zeit* vor: Der alte, heruntergekommene Charlus wird zur Tunte. Aber es gibt im Roman auch Homosexuelle, die keine Tunten – *tantes* in Prousts Sprachgebrauch – sind. Weder Robert de Saint Loup noch der abscheuliche Geiger Charlie Morel, die nicht ausschließlich homosexuell sind, haben feminine oder effeminierte Züge. Noch eine Komplikation: Prousts unglückliche Affäre mit Agostinelli war nicht der einzige Verlust dieser Art, den er erlitt. Zuvor hatte sich Reynaldo Hahn, ein begabter, brillanter Komponist, Musiker, Sänger und eine Liebe von Proust, gegen den Dichter aufgelehnt. Er hatte Prousts Eifersucht und sein Bedürfnis, den Freund ständig zu kontrollieren, schließlich nicht mehr ertragen. Die lang bewährte, tiefe Freundschaft zwischen ihnen blieb jedoch bestehen.

Es wäre absurd, zu behaupten, Albertine sei Reynaldo, obwohl Proust gewiß beide im Sinn hatte, als er Albertine schuf – und außer diesen beiden vermutlich auch andere Modelle benutzte. Er machte sich ein Bild von Albertine und nutzte für das Porträt ihrer Person, der seltsamen Liebe des Erzählers zu ihr und ihrer Liebe zu ihm die Totalität seiner Lebenserfahrung und nicht nur seine Erfahrung als Homosexueller. Der Schaffensprozeß ist zu komplex und zu geheimnisvoll, als daß man ihn verstehen könnte, indem man Formeln verwendet, die nur ein einziges Anliegen eines Romanciers erfassen, und sei es ihm noch so wichtig; dieses Hauptanliegen – in meinem Beispiel Prousts sexuelle Vorlieben – berechtigt auch nicht dazu, dem Werk eine Interpretation aufzuzwingen, die dem Text widerspricht. Wie geheimnisumwoben der Schaffensprozeß in Prousts Verständnis war und wie sehr sein eigenes Verfahren ein Geheimnis blieb, wird in *Auf der Suche nach der verlorenen Zeit* am deutlichsten vorgeführt in der Sterbeszene des großen Schriftstellers Bergotte, dessen Präsenz man im ganzen Werk spürt. Ich möchte dazu sagen, daß Proust, als er Bergotte erfand, gewiß Persönlichkeit und Werk von Anatole France im Sinn hatte sowie sein wechselhaftes Verhältnis zu dem älteren und damals weitaus besser bekannten Schriftsteller. Auch andere Persönlichkeiten hatten für das zusammengesetzte Porträt Bergottes Modell gesessen: John Ruskin, Paul Bourget, Alphonse Daudet, Maurice Barrès und vielleicht nicht nur sie. Aber zweifellos war Proust selbst ein wichtiges, vielleicht das wichtigste Modell, das alle anderen zusammenfaßte.

Proust erzählt uns, daß Bergotte, seit langem geschwächt und bettlägerig, die Kritik einer Ausstellung liest, in der unter anderem Vermeers *Ansicht von Delft* zu sehen ist, ein Gemälde, das Bergotte liebt und gut zu kennen glaubt, bis er in der Rezension ein »kleines gelbes Mauerstück« erwähnt findet, an das er, Bergotte, sich nicht erinnern kann. Der Kritiker dagegen behauptet, gerade dieses gelbe Mauerstück sei so gut gemalt, daß es, für sich genommen, einem kostbaren chinesischen Kunstwerk gleichkomme. Obwohl Bergotte sich besonders unwohl fühlt, geht er zu der Ausstellung und entdeckt dank der Worte des Kritikers endlich auch »la précieuse matière du tout petit pan de mur jaune« »die kostbare Materie des ganz kleinen gelben Mauerstücks«. Er bleibt vor dem Gemälde stehen, versunken in seine Schönheit:

> »Cependant la gravité de ses étourdissements ne lui échappait pas. Dans une céleste balance lui apparaissait, chargeant l'un des plateaux, sa propre vie, tandis que l'autre contenait le petit pan de mur si bien peint en jaune. Il sentait qu'il avait imprudemment donné la première pour le second.«[7]

> »Indessen entging ihm die Schwere seines Schwindelgefühls nicht. In einer himmlischen Waage sah er auf der einen Seite sein eigenes Leben, während die andere Schale das kleine so trefflich in Gelb gemalte Mauerstück enthielt. Er spürte, daß er unvorsichtigerweise das erste für das zweite hingegeben hatte.«[8]

Trotzdem hält er den Blick fest auf »le petit pan du mur« gerichtet:

»C'est ainsi que j'aurais dû écrire, disait-il. Mes derniers livres sont trop secs, il aurait fallu passer plusieurs couches de couleur, rendre ma phrase en elle-même précieuse, comme ce petit pan de mur jaune.«[9]

»So hätte ich schreiben sollen, sagte er sich. Meine letzten Bücher sind zu dürr, ich hätte die Farbe in mehreren Schichten auftragen, hätte meine Sprache so kostbar machen sollen, wie dieses kleine Mauerstück es ist.«[10]

Und so stirbt er, und im Sterben spricht er mehrmals die Worte »petit pan de mur jaune avec un auvent, petit pan du mur jaune« vor sich hin. [11]
Es trifft sich, daß auch Proust 1921 eine Ausstellung besuchte, in der die *Ansicht von Delft* gezeigt wurde, und daß er während der Besichtigung einen Schwächeanfall erlitt. Die Beschreibung von Bergottes Tod verfaßte er unmittelbar danach, aber in der Nacht vom 17. auf den 18. November 1922, das heißt weniger als zwölf Stunden vor seinem eigenen Tod am 18. November um vier Uhr nachmittags, diktierte er seiner Betreuerin und Sekretärin Céleste Albaret drei Fragmente, die in den Roman eingefügt werden sollten. Zwei davon sind, so vermutet man, Überarbeitungen der Beschreibung von Bergottes Tod. Damit sehen wir, wie Proust Bergotte die Metapher des gelben Mauerstücks als Ausdruck für das Geheimnis des Schaffens in den Mund legt, das Geheimnis dessen, was Bergotte hätte tun wollen, um seine letzten Bücher auf eine höhere künstlerische Ebene zu heben. Einen genaueren Ausdruck dafür konnte er nicht finden. Wir sehen auch, wie Proust seine Quellen nutzte – Anatole France, den er einmal für seinen Lehrmeister gehalten hatte, die Krankheit, Urämie, an der France litt

und die Proust schon für die Agonie der Großmutter des Erzählers eingesetzt hatte, und die Vorzeichen seines eigenen unmittelbar bevorstehenden Todeskampfes – und sie alle zusammenfügte, um eine Textstelle von höchster Wichtigkeit in seinem Roman abzurunden. Warum ist die Metapher von der kleinen gelben Mauerecke so außerordentlich wirkungsvoll? Ich glaube, ihre Schönheit ist so bezwingend, daß sie den Leser dazu treibt, seine Phantasie anzustrengen, damit er sie begreift. Oder, um eine andere, schon erwähnte Metapher Prousts noch einmal zu verwenden: Sie zwingt den Leser zu einer »Anstrengung des Herzens.«

Und nun muß ich auf die Frage zurückkommen, die diesen Vorlesungen zugrunde liegt: Wären die Sterbeszenen der Großmutter und Bergottes weniger eindrucksvoll, wenn der Leser die Hintergrundinformationen nicht hätte, die ich soeben zu Verfügung gestellt habe? Würde Bergotte als Verkörperung eines großen Künstlers uns weniger fesseln, wenn wir die komplexe Beziehung zwischen der Romanfigur Bergotte und dem wirklichen Anatole France außer acht ließen? Spielt die Filiation, die Bergotte mit Ruskin, Bourget, Daudet und Barrès verbinden mag, eine Rolle?

Proust las zwar leidenschaftlich gern die Briefe anderer Schriftsteller, maß aber Konversationen und also auch Briefen, denn sie sind ihrer Art nach kaum mehr als geschriebene Konversationen, keinen großen Wert bei. Sie bildeten für ihn den Gegensatz zu dem wahren literarischen Werk, das die Schöpfung

> »du moi profond qu'on ne retrouve qu'en faisant abstraction des autres et du moi qui connaît les autres, le moi qui a attendu pendant qu'on était avec les autres, qu'on sent bien le seul réel, et pour lequel seul les artistes finissent

par vivre, comme un dieu qu'ils quittent de moins en moins et à qui ils ont sacrifié une vie qui ne sert qu'à l'honorer.«[12]

»des profunden Ich [darstellt], das man nur wiederfindet, wenn man die anderen und das Ich, das die anderen kennt, ausschaltet, des Ich, das gewartet hat, während man mit den anderen zusammen war, und das man als das einzig wirkliche fühlt und für das allein die Künstler letztlich leben, wie für einen Gott, den sie weniger und weniger verlassen und dem sie ein Leben opfern, das nur dazu dient, ihn zu ehren.«[13]

Proust führte nicht Tagebuch. Die große Menge der Korrespondenz, die erhalten geblieben ist, beweist eindeutig, daß seine dringenden Bitten an die Empfänger, sie möchten seine Briefe verbrennen, häufiger mißachtet als erfüllt wurden. Prousts Briefe sind, literarisch gesehen, nur begrenzt interessant. Anders als sein Zeitgenosse Rilke schrieb Proust keine schön komponierten Briefe; die meisten warf er in Eile aufs Papier, und sehr viele sind nur komplizierte Danksagungen. Andere entstanden aus Eigeninteresse, wenn er meinte, jemandem schmeicheln zu müssen, wenn er um einen Gefallen bat oder, wie im Falle der Freunde, die sich in seinen Romanfiguren wiedererkennen mochten, Ärger abwehren wollte. Es ist eine sehr unterhaltsame Korrespondenz von hauptsächlich soziologischem Interesse, sie erlaubt einen Blick auf das Ausmaß von Prousts ansehnlichem Vermögen, die Organisation seines Hausstandes, die Gesellschaftskreise, in denen er verkehrte und – was am wichtigsten ist – seine politischen Ansichten, vor allem in der Dreyfus-Affäre.

Kafka führte ein Tagebuch, das häufig als Notizbuch diente, in dem er Entwürfe zu seinen Dichtungen aufzeichnete und überarbeitete. Als Quelle für Kafkas Leben ist es spärlich. Auch Kafka war fasziniert von den Briefen anderer Schriftsteller, vor allem Kleists, Flauberts und Hebbels. Grillparzers Tagebuch fesselte ihn. Auch Kafka hatte angeordnet, daß seine Briefe vernichtet werden sollten. Er ging sogar noch weiter: Er verlangte von Max Brod, seinem engsten Freund, daß dieser nicht nur Briefe, sondern alle persönlichen Papiere, auch Manuskripte unveröffentlichter Werke, Tagbücher und Entwürfe in seinem Besitz und im Besitz anderer vernichten solle. Er autorisierte Brod, die Rückgabe solcher Dokumente zu fordern. Brod ist dafür berühmt geworden, daß er sich entschloß, Kafka nicht zu gehorchen, und statt dessen die Manuskripte nach Kafkas Tod im Jahr 1924 so schnell veröffentlichen ließ, wie es in diesen schwierigen Zeiten möglich war. Er veröffentlichte auch die Tagebücher und alle Briefe Kafkas an Freunde und Familienmitglieder, die er einsammeln konnte.
Brods Entscheidung, die unvollendeten Werke gegen Kafkas Wunsch zu publizieren, war, in den Worten Walter Benjamins, ein Akt der Loyalität. Die Entscheidung, auch die Tagebücher und Briefe zu veröffentlichen, ist nicht so leicht zu verteidigen, aber sie wurde Brod weitgehend aus der Hand genommen. Felice Bauer und Milena Jesenská besaßen die Briefe, die Kafka ihnen geschrieben hatte. Hätte Brod von Anfang an auf der Herausgabe dieser Briefe bestanden, hätte er sie vielleicht bekommen und vernichten können, oder die Besitzerinnen hätten sie selbst verbrannt. Wie es sich ergab, wurden Milenas Briefe nach dem Krieg von Willy Haas veröffentlicht, einem Freund, dem sie sie anvertraut hatte, als die deutschen Truppen in Prag einmar-

schierten; Felice verkaufte 1955 ihre Briefe, und sie wurden dann im Schocken-Verlag publiziert, der auch das übrige Werk Kafkas herausbrachte. Elias Canetti berichtet in seinem brillanten, langen Essay *Der andere Prozeß. Kafkas Briefe an Felice* von Leuten, die beim Lesen dieser Korrespondenz peinlich berührt waren, und erklärt, er gehöre nicht dazu. Ich bekenne, daß ich zu diesen Leuten gehöre: Meine Befangenheit ließ nicht nach. Sie wuchs, als ich die Manien und Neurosen eines empfindlichen, schüchternen, zurückhaltenden Mannes, für den ich brüderliche Gefühle hege, zur Schau gestellt fand, eines Mannes, der nie gewollt hätte, daß diese Manien öffentlich ausgestellt würden. Aber trotzdem habe ich das Tabu verletzt und weitergelesen, hauptsächlich weil die Briefe in einem Buch zugänglich waren, das ich in der Hand hielt. Man könnte meinen, daß Neugier alles ist, was man jetzt braucht, um die Tabuverletzung zu rechtfertigen. Ob mir das Brüten über Schriftstükken, die Kafka so eindeutig vor Wissenshungrigen hatte schützen wollen, einen besseren Zugang zu Kafkas Dichtung verschafft hat, das ist eine Frage, die ich kaum mit Sicherheit beantworten kann.

Wie mittlerweile deutlich geworden sein sollte, teile ich Prousts Ansicht, daß Literaturkritik sich auf das Werk und nicht auf den Autor konzentrieren sollte und daß die Annäherung an das Werk auf dem Umweg über das Leben des Schriftstellers einen Mangel an Verständnis für den Schaffensprozeß verrät. Sogar Sainte-Beuve räumte ein, daß diese Methode, das Leben des Mannes als Zugang zu seinem Werk zu benutzen, nicht absolut notwendig sei:

»Avec les anciens on n'a pas les moyens suffisants d'observation. Revenir à l'homme, l'œuvre à la main, est impossible dans la plupart des cas avec les véritables Anciens, avec ceux dont nous n'avons la statue qu'à demi brisée. On est donc réduit à commenter l'œuvre, à l'admirer, à rêver l'auteur et le poète à travers.«[14]

»›Bei den antiken Autoren sind unsere Möglichkeiten, sie zu beobachten, ungenügend. Mit dem Werk in der Hand zum Menschen zurückzukehren ist im Fall der wirklichen antiken Schriftsteller meist unmöglich, im Fall derer, von denen wir nur eine halb zerbrochene Statue besitzen. Man muß sich darauf beschränken, ihr Werk zu kommentieren, es zu bewundern, sich den Autor und Dichter durch sein Werk hindurch zu erträumen.«[15]

Was spricht dagegen, frage ich mich.
Ohne Zweifel ist es fast immer ein Gewinn für das Verständnis des Textes, die Rahmenbedingungen eines Romans zu kennen. Insofern erlaubt Prousts Korrespondenz einen wertvollen Blick auf die Reichhaltigkeit seiner Kultur, die Gesellschaft, in der er lebte, seine Stellung in der Gesellschaft und seine politischen Ansichten. Viele Leser von heute brauchen einen Wegweiser, um sich in dem weitgespannten Tableau der französischen Gesellschaft während der Zweiten Republik und des Ersten Weltkriegs zurechtzufinden. Ein wichtiges Beispiel dafür ist die entscheidende Rolle der Dreyfus-Affäre im Roman – vor allem in den Bänden *Die Welt der Guermantes* und *Sodom und Gomorra*. Ohne zu wissen, welche Ungerechtigkeit dem Hauptmann Dreyfus angetan wurde, welche umwälzenden Veränderungen die Enthüllungen, zu denen sie führte, in der französischen Gesellschaft bewirkten und welche Anstrengungen unternommen wurden, die Ungerechtigkeit zu vertuschen, wird

ein Leser den dadurch entstandenen Graben und den tiefen Haß zwischen den Dreyfusistes und Antidreyfusards nicht verstehen können. Dasselbe gilt für den Aufruhr in der französischen Gesellschaft, auf den Proust anspielt, wenn er die radikalen Veränderungen in der gesellschaftlichen Stellung Swanns, Odettes und der Verdurins schildert, um nur einige der wichtigen Romangestalten zu nennen, die mit der Dreyfus-Affäre zu tun haben. Die Suche nach Überschneidungen zwischen Prousts Leben und seinem Roman könnte nebenher den Vorteil haben, daß man den Kontext von *Auf der Suche nach der verlorenen Zeit* besser kennenlernt. Dann ist da noch der tiefverwurzelte Glaube, daß *Auf der Suche nach der verlorenen Zeit* ein Schlüsselroman sei, und wie wir gesehen haben, bieten sich die Briefe an, wenn man nach Schlüsseln zu Geheimnissen sucht, die schon lange ihren Reiz verloren haben. Madame Greffulhe, Madame Straus, Montesquiou: *Mais où sont les neiges d'antan?* – Schnee von gestern. Wenn man sich heute an sie erinnert, dann nur wegen der Debatten über die Modelle aus dem wirklichen Leben, die Proust für seine Romanfiguren benutzt haben könnte. Ihr Schicksal gleicht dem des blendend eleganten Clubmitglieds Charles Haas, der deutlich älter war als Proust. In einer berühmten Passage des Romans richtet Proust das Wort an ihn und sagt: Lieber Charles, an Sie wird man sich nur erinnern, weil der kleine junge Mann, den Sie für einen Idioten hielten, Sie auf seinen Buchseiten unsterblich gemacht hat.

Der Fall Kafka liegt anders. Kafka schrieb keine Schlüsselromane, auch wenn Freunde glaubten, die Modelle für seine Personen wiederzuerkennen. Das glauben die Freunde eines Schriftstellers immer. Kafkas ahistorische Geschichten spielen in einer unbestimmten Gegenwart, natürlich mit

Ausnahme der *Chinesischen Mauer* und des *Jäger Gracchus*, die in einer vagen, aber fernen Vergangenheit angesiedelt sind. Es kommt auch nicht darauf an, ob Prag der Schauplatz der *Verwandlung* oder des *Prozesses* ist, und *Die Strafkolonie* muß man sowenig in Französisch-Guyana lokalisieren wie *Das Schloß* auf dem Land in der Nähe von Zürau. Kafkas Werk ist ohne Informationen über sein Leben oder das Prag oder Europa seiner Zeit zugänglich; es hat die Leser bereits vor dem Erscheinen der ersten, von Max Brod verfaßten Kafka-Biographie gefangengenommen.
Aber seit seine Briefe, vor allem die Briefe an Felice Bauer und Milena Jesenská verfügbar sind, haben ausgeklügelte, unnötige Interpretationen seiner streng universellen Werke zugenommen – dieser Werke, die wie *Auf der Suche nach der verlorenen Zeit* oder Flauberts von Kafka geliebter Roman *Lehrjahre des Gefühls* zu ihren eigenen Bedingungen gelesen und akzeptiert werden können und sollten. Zum Beispiel erscheint es mir falsch und trivial, wenn man *Der Prozeß* auf einer Ebene als eine Metapher für Kafkas Begegnung mit Felice, ihrer Schwester und Grete Bloch im Askanischen Hof liest, die zur Folge hatte, daß Kafka seine Verlobung löste, oder wenn man *Das Schloß* als eine Parodie auf seine Liebesgeschichte mit Milena versteht, in der sie als Frieda, ihr Ehemann als Klemm und Kafka natürlich als K. auftreten. Dasselbe gilt, wenn man *Das Schloß* als eine Variante der Geschichte vom Ewigen Juden versteht. Selbstverständlich ist die Geschichte des virulenten Antisemitismus und des tschechischen Nationalismus in Böhmen wichtig zum Verständnis des Kontextes, in dem Kafka schrieb. Aber daß Kafka diese Bewegungen wahrnahm und daß sie sich auf ihn auswirkten, ist kein zureichender Grund dafür, sein Werk als besonders oder vorwiegend durch jüdi-

sche Probleme geprägt zu interpretieren. Es gab zeitgenössische Romane mit diesem Tenor: Kafka mußte danach nicht lange suchen, einer der Autoren war sein Freund Max Brod. Das Verständnis von Kafkas Texten wird auch nicht dadurch gefördert, daß man auf der Basis der Tagebücher und Briefe darlegt, wie Kafka versuchte, sich vom antisemitischen Stereotyp des Juden zu unterscheiden, und daß man auf dieser Grundlage Kafka jüdischen Selbsthaß oder jüdischen Antisemitismus attestiert. Selbst wenn Kafka ein jüdischer Antisemit gewesen wäre, hätte er nicht notwendig als ein solcher geschrieben. Ein Romanautor, dessen Werk gelungen ist, wächst über seine menschliche Unzulänglichkeit hinaus; das schreibende *Ich* ist, wie Proust gesagt hat, verschieden von jenem Ich, das »wir in unseren Gewohnheiten, in der Gesellschaft, in unseren Lastern zutage treten lassen«. Das *Ich*, das Kafkas Romane schrieb, hat gewiß bei der Arbeit am *Prozeß* Felice Bauer, die Eltern Bauer und die seltsame *tiers incommode* Greta Bloch im Sinn gehabt, genauso wie dieses *Ich* beim Schreiben von *Das Schloß* an Milena und andere Frauen gedacht hat, und mit Sicherheit nahm Kafka als Mensch und als Schriftsteller den Antisemitismus mit schmerzhafter Deutlichkeit wahr und fühlte sich verletzt. Aber es ging ihm nicht ausschließlich um Antisemitismus, sowenig wie es Proust ausschließlich um Homosexualität ging. Kafkas Tagebucheintragung vom 23. September 1912, also nur einen Tag nachdem er in einer einzigen Nacht *Das Urteil* niedergeschrieben hatte, den Text, der sein Durchbruch wurde, gibt ein anschauliches Bild von der Komplexität seines Schaffensprozesses und macht deutlich, daß es vergebliche Mühe ist, sein Werk in Raster einzuordnen.

»Viele während des Schreibens mitgeführte Gefühle, zum Beispiel die Freude, daß ich etwas Schönes für Maxens ›Arkadia‹ haben werde, Gedanken an Freud natürlich, an einer Stelle an ›Arnold Beer‹ [Brods Roman], an einer anderen an Wassermann, an einer an Werfels ›Riesin‹, natürlich auch an meine ›Die städtische Welt‹ [eine unvollendete Erzählung].«

Und in einem Brief an Felice vom Juni 1913 fragte er:

»Findest Du im ›Urteil‹ irgendeinen Sinn, ich meine irgendeinen geraden, zusammenhängenden, verfolgbaren Sinn? Ich finde ihn nicht und kann auch nichts darin erklären. Aber es ist viel Merkwürdiges daran [...]. [Ich wollte] einen Krieg beschreiben, ein junger Mann sollte aus einem Fenster eine Menschenmenge über die Brücke herankommen sehn, aber dann drehte sich mir alles unter den Händen.«

Ich bezweifle nicht, daß es ihm ernst war.
Der Prüfstein gelungener Dichtung ist ihre Fähigkeit, den Leser am Kragen zu packen und bis zum Ende der Geschichte nicht mehr loszulassen. Proust und Kafka besaßen diese Gabe des Erzählens in höchstem Maß. Ein Leser, der den *Prozeß* aufschlägt und erfährt, daß jemand Joseph K. verleumdet haben muß und daß ein Mann in einem eng anliegenden schwarzen Kleidungsstück, das mit allen möglichen Falten, Taschen, Schnallen, Knöpfen und einem Gürtel versehen ist, in sein Zimmer eindringt, will weiterlesen. Ihm zu erklären, daß er hier in Wirklichkeit etwas über Kafka, Felice, Felices Schwester und Grete Bloch erfährt und natürlich auch über Kafkas allgegenwärtigen Vater, unter-

bricht den Erzählfluß. Es mindert die Kraft der Geschichte und zerstört die Spannung. Wird ein Leser auf diese Weise in die Irre geführt, verringert sich die Wahrscheinlichkeit, dass er sich mit K. identifiziert.

An großen literarischen Werken soll man sich freuen, nicht die Zähne ausbeißen, indem man nach den Geheimnissen des Autors sucht. Julian Barnes fragt in *Flauberts Papagei*, einer geistreichen Demontage literarischer Biographien: »Warum fahnden wir nach den Schriftstellern in dem, was sie geschrieben haben? Warum können wir sie nicht in Ruhe lassen? Warum sind die Bücher nicht genug?« Meine Antwort, und ich hoffe, in Zukunft auch Ihre, ist eindeutig: Die Bücher sind genug. Gefällt Ihnen die Geschichte, die Sie lesen, dann vertrauen Sie ihr. Kümmern Sie sich nicht um den Autor.

Bibliographie

1 Zitiert nach Marcel Proust, *Lettres 1879-1922*, ausgewählt und kommentiert von Françoise Leriche, Paris: Plon 2004, S. 1235. Anmerkung des Verlags: Louis Begley hat die Briefe Prousts für die Vorlesungen selbst ins Englische übersetzt.
2 Ibid.
3 Ibid, S. 942.
4 Ibid. S. 1003.
5 Ibid, S. 1097 f.
6 Zitiert nach Marcel Proust, *Briefe zum Werk*, aus dem Französischen von Wolfgang A. Peters, ausgewählt und herausgegeben von Walter Boehlich, Frankfurt am Main: Suhrkamp 1977, S. 462-465.
7 Marcel Proust, *À la recherche du temps perdu III*, *La Prisonnière*, herausgegeben von Jean-Yves Tadié unter Mitarbeit von Antoine Compagnon und Pierre-Edmond Robert, Paris: Gallimard, S. 692 f.
8 Marcel Proust, *Auf der Suche nach der verlorenen Zeit V*, *Die Gefangene*, aus dem Französischen von Eva Rechel-Mertens; revidiert von Luzius Keller und Sibylla Laemel, Frankfurter Ausgabe, herausgegeben von Luzius Keller, Werke II, Band 5, Frankfurt am Main: 2000, S. 262 ff.
9 *La Prisonnière*, S. 692.

10 *Die Gefangene*, S. 263.
11 *La Prisonnière*, S. 692.
12 »La Méthode de Sainte-Beuve«, S. 224.
13 »Die Methode Sainte-Beuves«, S. 28.
14 Quelle: Charles-Augustin Sainte-Beuve, *Nouveaux lundis III*, S. 15 ff.
15 Zitiert nach »Die Methode Sainte-Beuves«, S. 358.

II. Epithalamion 2004

II. Epithalamion 2004

Eine Fabel

Auf einer Bank links von den Stufen zur College-Bibliothek sitzt ein junger Mann und füttert Tauben. Weil er diese Vögel nicht leiden kann, wirft er die Erdnüsse vorsichtshalber gut drei Meter weit weg. Er denkt: Dies ist ein *acte gratuit*. Oder vielleicht ist es die Sühne für eine andere unnötige Handlung, die seines Mitbewohners Otto, des verrückten Mathematikers, den man vor einer Woche in die nahegelegene Nervenheilanstalt, Obdach für mehr als ein Mitglied des amerikanischen Parnaß, gebracht hat. Otto hatte an genau dieser Stelle Tauben mit Blausäurekügelchen gefüttert, während der junge Mann stumm und wie versteinert neben ihm saß. Die Tüte mit den Erdnüssen ist schnell leer. Der junge Mann knüllt sie zusammen und blickt sich suchend nach einem Abfalleimer um. Keiner zu sehen. Statt dessen sieht er ein großes, schlankes Mädchen näherkommen. Sie trägt einen roten Schottenrock, eine helle Strickjacke und eine dreireihige rote Perlenkette. Blankpolierte Schuhe lenken das Auge auf ihre Fesseln und Waden. Hübsche Beine. Ihr langer Zopf reicht fast bis zur Taille: Rapunzel mit rabenschwarzem Haar, die eine grüne Büchertasche schwingt! Mein Reifen ist platt, sagt sie. Ich habe mir das Rad geliehen und weiß nicht, wie die Pumpe funktioniert. Kannst du mir helfen?

Der junge Mann ist ungeschickt. Er kann nicht gut Nägel einschlagen, Geräte reparieren oder mit platten Reifen umgehen – auch nicht mit Mädchen, obwohl er viel für sie übrig hat. Auch Rapunzel hält er für sexy; das liegt an ihrer

Selbstsicherheit und an ihrer Figur. Er läßt sich von ihr zu dem Fahrrad führen, fummelt zaghaft mit der Pumpe herum, und, Heureka, er hat's geschafft. Einmal aufgepumpt, scheint der Reifen hart zu bleiben. Vielleicht hatte er nur ein winziges Loch. Sie sind sich einig, daß ein Fachmann sich den Schaden ansehen sollte. Auf einmal ist der junge Mann bekümmert. Er weiß nicht, wie sie heißt, und gleich wird sie weg sein. Aber im letzten Augenblick, als sie den Fuß schon auf dem Pedal hat, fragt sie, ob er nicht am Square eine Tasse Tee mit ihr trinken möchte. Er sei so galant gewesen. Oder noch besser, ob er nicht Lust habe, auf einen Drink zu ihr zu kommen? Hier ist die Adresse. Sie wohnt außerhalb des Campus.

So fängt die Geschichte an, sage ich, und wer wird mir widersprechen, wenn es um mein Ermessen und meine Entscheidung geht? Würde es einen Unterschied machen, wenn ich das eine oder andere Detail wegließe oder hinzufügte? Die Zeit hat meine Erinnerungen schon bearbeitet und mit Änderungen überschichtet, die nicht rückgängig zu machen sind. Weil mir die Namen gefallen, nenne ich das Mädchen Mary und den jungen Mann Alex.

Gut, daß sie ein eigenes Apartment hat. Gut auch, daß sie es ihm nicht allzu schwer macht, denn für ihn ist es das erste Mal. Bald wird der Sex mit ihr unentbehrlich. Zugleich dämmert ihm, was es heißen könnte, daß sie so verfügbar ist. Wie soll er seine Eifersucht verbergen, wie sie daran hindern, sich mit diesen anderen Männern zu treffen, wie dafür sorgen, daß zwischen ihm und Mary ein Gleichgewicht der Kräfte herrscht – mit diesen Fragen schlägt Alex sich herum, ohne eine Lösung zu finden. Sie quält ihn mit Geschichten von ihren früheren Abenteuern, meistens wenn sie zusammen im Bett liegen. Eines Abends sind sie im Anschluß an eine Dichterlesung auf der Party einer College-Zeitschrift. Alle trinken reichlich süßen Punsch und Gin Martini. Irgendwann merkt Alex, daß Mary nicht mehr in seiner Nähe ist. Er sucht sie, erst in einem, dann in einem zweiten Raum voller Leute. Verwirrt schaltet er das Licht in einem Hinterzimmer an und findet seine überraschte Eurydike auf dem Schoß eines magergesichtigen Mannes, den er verachtet. Heftige Worte werden gewechselt. Jähzornig reißt Alex ein gerahmtes Gruppenbild von der Wand und schlägt es dem Kerl über den Kopf, daß das Glas splittert. Der Schnitt ist irgendwo oben auf dem Schädel, man wird die Narbe also nicht sehen, doch das Blut, die Scherben und das ganze Durcheinander sind ihm sehr peinlich. Mary erklärt Alex, sie wolle ihn nie wieder sehen. Er nimmt seine Verbannung hin und fragt sich, ob der andere nun an seine Stelle getreten ist. Obwohl das Semester schon zu Ende geht, lernt er ein anderes Mädchen kennen, das entgegenkommend auf seine Avancen reagiert. Das neue Mädchen hat kurze Haare, trägt einen Trenchcoat und einen verbeulten Filzhut und kann deshalb im Dunkeln leicht für einen Mann durchgehen. Sie hält sich nicht an die Besuchszeit für Frauen, die das College vorschreibt, sondern bleibt viel länger als erlaubt in Alex' Zimmer. Manchmal arbeiten sie zusammen, aber meistens lieben sie sich. Alex denkt kaum noch an Mary, er merkt nur, wieviel er von ihr gelernt hat.

Im Sommer wird die Mutter des neuen Mädchens schwer krank, und die Tochter beschließt, das Studium zu unterbrechen, um sich um die Mutter zu kümmern und dem Vater den Haushalt zu führen; die Eltern wohnen in einer weit entfernten Stadt. So kommt es, daß Alex zu Beginn des nächsten Semesters wieder allein ist. Ein Freund, ein entfernter Verwandter von Mary, erscheint überraschend in ihrer Begleitung zu einem Essen mit Alex im Speisesaal des Hauses. Er witzelt plump, daß er sich diese Freiheit vor den Sommerferien nicht erlaubt haben würde. Beim Essen verstehen sie sich gut, und weder der Verwandte noch Mary noch Alex finden es merkwürdig, daß Alex Mary zu ihrem Apartment begleitet. Sie machen da weiter, wo sie aufgehört hatten. Von Zeit zu Zeit fragt sich Alex, ob er Mary liebt. Die Wörter, die er ihr nachts ins Ohr flüstert, sind keine Antwort auf die Frage. Er weiß, daß sie sich ganz automatisch ergeben – Zeichen für eine Leere im Kopf. Sein Verlangen nach Mary steht fest, auch seine Angst vor einem Bruch mit ihr. Realistisch gesehen, rückt die Trennung näher. Es ist sein letztes Jahr am College, das Ende der Examenszeit steht bevor, und er hat die Zulassung zum Medizinstudium an einer Universität an der Westküste. Er würde sich gern zum Militärdienst melden, aber wegen seines Asthmas, das er selbst längst vergessen hatte, ist er dienstuntauglich.

An einem drückend heißen Tag Ende Mai gehen Mary und er nachmittags am Fluß entlang. Sie fragt, ob sie auch an die Universität wechseln soll, an der er sich einschreiben wird. Aber zuerst mußt du mir einen Heiratsantrag machen. Du wärst bestimmt gern verlobt und verheiratet, sagt sie, und überrascht ihn mit einer stürmischen Zärtlichkeit. Daraufhin überkommt ihn ein Anfall von Panik, die Lust vergeht ihm. Ich bin noch nicht soweit, antwortet er und hört selbst, wie töricht und falsch die Erklärung klingt, die er nun folgen läßt: Er sei noch zu jung, das Medizinstudium sei überaus anstrengend und unvereinbar mit den Ablenkungen des Ehelebens, und er müsse erst noch mehr Lebenserfahrung sammeln.

Dann willst du mich nicht, antwortet sie matt. Bring mich nach Hause.

Alex geht gerne schnell und Mary eigentlich auch. Es hat ihm immer Spaß gemacht, wenn sie in gleichem Tempo und Rhythmus zusammen ausschritten. Diesmal schlurft sie über den Boden. Sie hat seinen Arm genommen. Heb die Füße, sagt er. Komm schon. Sie schüttelt den Kopf. Er versteht, daß sie verzweifelt ist, trotzdem ärgert es ihn, wie schwer sie sich an ihn lehnt, und die Wärme ihres Körpers ist ihm unangenehm. Die Frage nach der Liebe ist jetzt beantwortet, Alex fühlt sich fast als Sieger. Verdrossen und durstig kommen sie am Square an. Er lädt sie zu einer Tasse Tee ein, sie lehnt voller Verachtung ab. Noch die kurze Strecke bis zu ihrem Apartment zusammen zu gehen kommt nicht in Frage. Ihre Wege trennen sich.

Zwei Wochen später nimmt Alex an der Abschlußfeier seines Jahrgangs teil. Auf dem Yard steht er plötzlich vor Mary. Ihr Vater ist ein hoher Würdenträger an der Universität, deshalb ist auch sie da, obwohl sie das Studium am College erst in einem Jahr abschließen wird. Sie gibt Alex die Hand. Die beiden reden höflich und sehr reserviert miteinander. Dann folgt sie ihrem Vater. Alex glaubt, er sehe sie zum letztenmal. Demnächst wird sie Mr. Right, den Richtigen, heiraten, mit ihm in einem der nördlichen Vororte Bostons wohnen und Kinder großziehen.

Für Alex und Mary wäre es das beste, wenn ihre Geschichte an dieser Stelle zu Ende wäre. Aber sie geht weiter. Warum? Warum hörte sie nicht auf, als das Bild auf dem Kopf des Mannes mit dem mageren Gesicht zerschlagen wurde? Etwa weil Mary Alex liebt? Sie hat ihm kaum Anlaß zu dieser Vermutung gegeben. Manchmal hat er gespürt, daß er für sie irgendein Bedürfnis erfüllt, auch wenn er nicht versteht, was sie an ihm findet. Für einen guten Liebhaber hält sie ihn nicht – auf seine Mängel hat sie ihn schonungslos hingewiesen –, und an seinem Aussehen oder seinem gesellschaftlichen Ansehen an der Universität oder sonstwo kann es auch nicht liegen, denn ihm fehlt beides. Vielleicht haben sein rastloser Ehrgeiz und seine Energie eine magnetische Anziehungskraft. Sein Verlangen nach Mary ist leicht zu verstehen. Vor allem ist er von ihrem Körper fasziniert. Der Sex mit dem Mädchen, das Mary ersetzte, war erregender und gab ihm das Gefühl, ein besserer Liebhaber geworden zu sein. Trotzdem geht von Mary eine viel größere Macht aus. Und Mary hat ihm ein Fenster zu einer neuen Welt geöffnet. Seit seinem fünften Lebensjahr ist er Waise. Die unverheiratete Tante, die ihn aufnahm, starb, als er im Internat war; sonst hat er keine Familie; ein Vermögensverwalter in einer Kleinstadtbank finanziert ihm Studiengebühren und Nebenkosten aus den Resten des spärlichen Erbes. Zu Weihnachten und zum Geburtstag schickt er Alex eine Schachtel Ahornsirupbonbons. Was für ein Gegensatz zu Marys Familie! Die Eltern strahlen vor Gesundheit, stehen in der Blüte ihrer Lebenskraft und haben ihre sechs Kinder – Mary ist das jüngste – am North Shore von Massachusetts um sich geschart. Kein Problem, ob alltäglich oder außeralltäglich, ohne eine Lösung, die sich auf einen unangreifbaren Präzedenzfall aus dem Gründungsmythos der Shaws stützen kann; keine Rolle, die ein Shaw nicht ausgiebig geprobt hätte; sie sitzen überall so selbstsicher im Sattel wie Colonel Stride auf seinem Roß im Boston Public Garden. Alex ist darauf angewiesen, sich ständig neu zu erfinden und die Lebensart von Fremden zu studieren: Er hat keine erwachsenen Vorbilder oder Mentoren. Aber die Würfel sind gefallen. Die zufällige Begegnung

ändert nichts an Alex' Entschluß, nach Kalifornien zu gehen.
Alex steht im vierten Jahr seines Medizinstudiums, und jetzt, da er überwiegend im Universitätsklinikum mit Patienten arbeitet, weiß er, daß er die richtige Berufswahl getroffen hat. Seine Unverwüstlichkeit kommt ihm sehr zustatten; er muß mit absurd wenig Schlaf auskommen, aber er hat seine Gelassenheit nicht verloren und die Beschäftigung mit Büchern und andere Interessen nicht aufgegeben, die nichts mit dem Studium zu tun haben. Das Gebräu, das im Kochkessel von San Francisco brodelt, stößt ihn ab und fasziniert ihn zugleich. So wie er den Käfer fährt, mit dem er zum erstenmal das ganze Land durchquerte, ist er sehr schnell in Haight Ashbury. Ein paar Leute aus seinem Jahrgang sind jetzt in Berkeley. Er bleibt mit ihnen in Kontakt.
Alex macht sich immer noch zuviel aus Mädchen, und es fällt ihm jetzt leichter, sie für sich zu gewinnen, dank der harten Lehrjahre des Gefühls mit Mary. Aber er fühlt sich an keines der Mädchen gebunden. Die Kameraderie in der Klinik verhindert enge Beziehungen zu den wenigen Ärztinnen im Praktikum; sich mit Krankenschwestern einzulassen findet er unter seiner Würde; eine Affäre mit einer der Frauen, die er in San Francisco auf Partys und in Clubs trifft, würde ihn mehr von seiner Zeit und Aufmerksamkeit kosten, als er sich leisten kann, sagt er sich. Also bleiben lediglich One-Night-Stands. Er hat ein winziges Haus gemietet, nur wenige Minuten von der Klinik entfernt, es hat ein Schlafzimmer, ein Wohnzimmer mit offener Küche und ein Mini-Gärtchen. Daß er nicht im Wohnheim der Klinik leben muß, ist ein Luxus, den er dem Bankbeamten abgerungen hat, der ihm noch immer Bonbons schickt und bald in den Ruhestand gehen wird.

Eines Morgens nach dem Nachtdienst, er ist gerade eingeschlafen, weckt ihn das Klingeln des Telefons. Es ist Mary. Sie hat ihn über das Alumni-Büro gefunden, das habe sie geschickt angefangen, meint sie. Niemand sonst habe ihr die Privatadresse sagen können, unter der er erreichbar sei. Sie wird in der folgenden Woche in San Francisco sein und möchte ihn sehen. Er schlägt ein Treffen in der Stadt vor; sie könnten an einem Abend, an dem er nicht in der Klinik sein muß, etwas zusammen trinken, aber sie sagt, sie wolle ihn lieber in seiner eigenen Umgebung betrachten. Die sei aber wenig spektakulär, entgegnet er, doch sie läßt sich nicht abschrecken. Sie wird mit einem Mietwagen aus San Francisco kommen. Sie trinken in seinem Haus einen Gin Tonic und dann noch einen, und sie fragt, ob er nicht zu Abend essen wolle. In seinem Kühlschrank findet sich nichts Brauchbares, also geht er mit ihr in das einzige Restaurant im Ort, das kein Diner ist; es sieht eher aus wie ein Howard-Johnson-Hotel. Sie trinkt mehr Wein, als Alex für vernünftig hält, wenn sie noch mit dem Auto nach San Francisco zurückfahren will, deshalb ist er nicht überrascht, als sie fragt, ob sie über Nacht bei ihm bleiben kann. Es stellt sich heraus, daß sie eine kleine Reisetasche im Kofferraum ihres Autos hat. Die Überraschung kommt später, nach intensiven Zärtlichkeiten auf der Wohnzimmercouch: Sie erklärt, sie werde nicht mit ihm schlafen. Verärgert überlegt er, ob er sie rauswerfen oder, genauer gesagt, zu dem Motel fahren soll, in dem die Eltern der Studenten gewöhnlich übernachten. Aber er muß am nächsten Morgen früh aufstehen und möchte keinen Streit zwischen Angetrunkenen. Außerdem ist seine Lust verflogen. Er legt Laken und eine Decke auf die Couch, läßt ihr den Vortritt im Bad, zieht sich in sein Schlafzimmer zurück und schließt die Tür. Irgendwann in der Nacht, wie spät es ist, weiß er nicht, schlüpft sie zu ihm unter die Decke.

Die Reisetasche ist geräumiger, als sie aussieht. Mary bleibt eine Woche; dann macht sie allein einen kurzen Abstecher nach San Francisco und kommt mit neuen Kleidern und anderen Dingen zurück, die sie unbedingt braucht. Den richtigen Mann hat sie nicht kennengelernt, obwohl ein oder zwei vielversprechend wirkten; und sie hat nach dem Bachelor-Examen ihr Studium aufgegeben und ihr Interesse an der amerikanischen Kolonialgeschichte nicht weiterverfolgt. Statt dessen ist sie durch Italien gereist, mit längeren Aufenthalten in der Villa I Tatti und dann an der American Academy in Rom, deren Leiter Trauzeuge ihrer Eltern war. Danach kam die Krankheit, und alles wurde kompliziert. Alex' Fragen – er lernt allmählich die Kunst, Patienten zu befragen – bringen ans Licht, um was für eine Krankheit es sich dabei handelt: Sie hatte sozusagen einen Nervenzusammenbruch, und im Anschluß daran war sie längere Zeit in einem für seine orthodoxe Freudsche Methode bekannten Sanatorium. Sie erzählt Alex, daß sie die Weiterbehandlung in Boston, eine Analyse, unterbrochen hat, um bei ihm zu sein. Mary sagt nicht ausdrücklich, daß die Art ihrer Trennung am Flußufer sie endgültig aus dem Gleichgewicht gebracht hat, aber er zweifelt nicht daran, daß sein Verhalten in den Ursachenkatalog für ihre Beschwerden aufgenommen ist. Zum Glück gibt es eine ganze Liste von düsteren Traumata, die viel weiter zurückreichen als jener Nachmittag. Die Mythen der Shaws erscheinen nun in einem ganz anderen Licht.
Die Abschlußprüfungen beginnen, und da die Dienste in der Klinik für Studenten im Examen nicht reduziert wer-

den, arbeitet Alex Tag und Nacht, Mary pendelt zwischen Palo Alto und San Francisco. Von ihren Sitzungen mit dem Analytiker in Boston bringt sie die Diagnose »ausgeglichene Stimmungslage« mit. Alex plant, an der Universitätsklinik zu bleiben, bis er mit einer seiner Bewerbungen um eine Assistenzarztstelle Erfolg hat; obwohl er Jahrgangsbester ist und man ihn sehr gern als Assistenzarzt behalten würde, ist man allgemein der Ansicht, ein Tapetenwechsel wäre gut für seine Karriere. Als die Examensergebnisse bekanntgegeben werden, wünscht sich Alex, daß wenigstens seine Tante noch am Leben wäre, damit er ihr von seinem Erfolg berichten könnte. Statt dessen erzählt er es Mary. Sie trinken Champagner und schlafen dann miteinander. Das Essen kann warten. Alex glaubt, daß sie ihn jetzt vielleicht liebt. Aber was meint er mit dem Wort? Allmählich versteht er, wie Marys labile Verfassung und ihr Versuch, ihn wiederzugewinnen, mit der Seelenerforschung zusammenhängen, die sie und ihr Analytiker in Boston betreiben. Ist sie in düsterer Stimmung, sagt sie ihm, sie sei krank. Aber aufgrund seiner Ausbildung neigt Alex zur Skepsis. Sie ist eine reiche junge Frau mit einem Leiden, das bei reichen Damen in Mode ist.

Während der restlichen Wochen in Palo Alto unternimmt Mary mehrere Kurzreisen nach Boston. Es ist die Jahreszeit, zu der die Hitze in Nordkalifornien drückend sein kann. Wenn Mary da ist und Alex frei hat, fahren sie zum Pebble Beach und tauchen in die kühlen Wellen ein. Eines Tages, als Mary in Boston ist, erhält Alex in der Klinik einen Anruf: Man bietet ihm eine Assistenzarztstelle in einer ausgezeichneten New Yorker Klinik an. Diese Stelle hatte er sich von ganzem Herzen gewünscht. Er ruft Mary unter der Nummer an, die sie ihm aufgeschrieben hat. Am Telefon meldet sich ein Mann. Alex widersteht dem Impuls, den Hörer aufzulegen, und nennt seinen Namen. An diesem Abend wird es keinen Champagner geben, aber auf dem Heimweg von der Klinik schickt er dem Bankbeamten, der sein Vermögen verwaltet, ein Telegramm. Der alte Herr wird sich freuen, auch wenn er die Bedeutung von Alex' Erfolg nicht einschätzen kann. Am nächsten Tag ruft Mary Alex an, ebenfalls in der Klinik. Als er im Schwesternzimmer zum Telefon greift, schießt ihm durch den Kopf, daß sie ihn mühelos abends zu Hause hätte erreichen können. Wo bist du, fragt er sie. Bei einem Freund. Er fragt nicht nach und flüstert: Stell dir vor, es ist New York. Er möchte nicht, daß jemand ihn prahlen hört. Mary schnappt nach Luft und sagt, sie werde den nächsten Flug nehmen.

Bald werden die Fronten geklärt: Den Anlaß dafür bieten Alex' Bücher, zur Hälfte während seiner College-Zeit angeschafft und ein paar aus dem Besitz seiner Eltern oder seiner Tante, und seine Plattensammlung. Mary hört, wie er den Auftrag gibt, sie in das Wohnheim zu transportieren, das die New Yorker Klinik ihren Mitarbeitern zur Verfügung stellt, und schäumt vor Wut. Du schaffst es tatsächlich, höhnt sie. Du hast endlich rausgefunden, wie du mich loswirst. Auch wenn du dafür in einer Zelle hausen mußt. Wenn sie sich so aufregt, kann man nicht vernünftig mit ihr reden: Im Grunde weiß sie, daß er sich kein Hotel in New York leisten kann, bis er eine Wohnung gefunden hat. Oder daß es wahrscheinlich keine Wohnung in der Nähe der Klinik gibt, die er bezahlen kann. Als es Abend wird, ist sie sehr ruhig geworden, aber er hat gelernt, dieser Ruhe zu mißtrauen. Du mußt dich entscheiden, sagt sie ihm. Willst du für mich sorgen? Das ist die Frage. Ich will kein Wort mehr von Liebe hören. Er kommt sich vor wie in einer Neufassung der

Szene am Fluß vor vier Jahren. Die Gründe, warum er keine größere Verpflichtung auf sich nehmen kann, sind längst bekannt und bis zum Überdruß wiederholt: seine Jugend und Armut, das anstrengende Arbeitspensum, das er sich vorgenommen hat, ihr Wunsch nach einem ganz normalen Eheleben, wie alle anderen es haben. Nur hat die Szene diesmal ein anderes Ende. Alex will nicht riskieren, Mary zu verlieren. Pflichtschuldig wird der Heiratsantrag ausgesprochen und angenommen.

Ein paar Tage später treffen sie Vorbereitungen, das Labor-Day-Wochenende mit Marys Eltern und dem Rest der Sippe am North Shore zu verbringen. Sie läßt ein paar Bemerkungen fallen, und Alex macht sich seinen Vers darauf: Der Freund, der seinen Anruf annahm, als sie zum letztenmal in Boston war, ist der unangenehme Mensch mit dem langen Gesicht. Wie konntest du das tun? fragt er. Ihm ist schwindlig, ein Gefühl, wie es nach der Beschreibung eines seiner Professoren einem Schlaganfall vorausgehen kann. Warum hätte ich es nicht tun sollen? erwidert sie. Ich habe nicht zum Ficken bei ihm gewohnt; das kann ich auch so jederzeit. Sie gehen spät zu Bett, aber kurz bevor es hell wird, ist er schon wieder wach. Vorsichtig, um sie nicht zu wekken, steht er auf und geht in den kleinen Garten. Marys Krankheit ist mehr als der Zeitvertreib einer Erbin. Er sieht, daß sie ein gemeinsames Leben in kalter Öde vor sich haben. Jetzt wäre der Moment, die Verlobung zu lösen, aber er kann nicht mehr zurück. Er hat sein Wort gegeben.

Kurze Zeit danach heiraten sie in einem Jagdclub in der Nähe des Wohnsitzes von Marys Eltern. Alex bittet seinen alten Zimmergenossen Otto, sein Trauzeuge zu sein. Elektroschocks und Medikamente, die er ständig einnehmen muß, hatten die gewünschte Wirkung: Otto studiert wieder und steht kurz vor dem Abschluß einer Dissertation in theoretischer Physik. Sein langes Haar ist fettig, er leidet noch immer unter Akne, aber der Cutaway, den er sich von seinem Vater geliehen hat, ist so elegant, daß die Mißbilligung der Shaws gedämpft wird.

Wann hat die böse Fee die Verwünschung gemurmelt, die auf ihnen lastet?
Das Muster, nach dem Alex' und Marys Eheleben ablaufen wird, hat sich schnell eingespielt. Im ersten Jahr trägt ihn der Sex mit ihr zu den äußersten Grenzen der Lust. Gleich zu Beginn des zweiten Jahrs wird Mary untröstlich: Sie versinkt in Traurigkeit. Die Fürsorge des kleinen, kurz angebundenen Mannes, der im Keller eines Brownstone-Gebäudes an der East Side haust, bewirkt nur eine flüchtige Besserung, ist aber trotzdem unentbehrlich. Gelegentlich bestellt der Untergrund-Mann Alex zu sich, stellt ihm ein, zwei Fragen, trommelt mit den Fingern auf dem Schreibtisch und entläßt ihn. Alex haßt ihn, so wie er jeden Mann haßt, der Mary nahe kommt. Abgesehen von ihrer schrecklichen Traurigkeit leben Alex und Mary wie Mami und Papi – genauer gesagt, wie Marys Mami und Papi, denn daß Alex für die Wohnung am East River, die Renovierung oder das nette irische Hausmädchen aufkommen könnte, ist undenkbar, und den Untergrund-Mann kann er schon gar nicht bezahlen. Was kann man für Mary tun? Die Antwort findet Alex in einem Moment nächtlicher Seligkeit. Diese Augenblicke sind selten geworden, häufig hat Alex Nachtdienst in der Klinik, und wenn er zu Hause ist, versperrt Mary oft den Weg zu ihrem Bett. Er flüstert: Komm, machen wir ein Kind! Mary wird prompt schwanger. Sie nennen das kleine Mädchen Hope, Hoffnung, nach Marys

Großmutter Shaw. Ihre Großmutter mütterlicherseits heißt Patience, Geduld: Gegen diesen Namensvorschlag sträubt sich Alex.

Als es um die Entscheidung geht, wo Alex seine Ausbildung zum Facharzt machen will, kann er sich Abteilungen und Kliniken aussuchen. Er hätte nichts gegen einen Umzug nach Boston, wo das magere Gehalt ihm mehr Spielraum ließe. Aber Mary zischt und faucht wie eine in die Ecke getriebene Katze. Hast du immer noch nicht begriffen, daß das der Ort ist, an dem sie mich verbogen haben? fragt sie. Gewisse Umdeutungen von Marys Lebensgeschichte begreift er tatsächlich nicht. Egal, er hat sich entschieden, Neurologe zu werden, weil in diesem Fach die größten intellektuellen Herausforderungen warten. Der Chef der Abteilung in seiner Klinik, eine weltberühmte Autorität auf dem Gebiet der Gehirnwäsche, möchte Alex unter seine Fittiche nehmen. Alex schätzt den großen Mann. Er nennt ihn insgeheim Mr. 1984, aber das ist ein Scherz, den er Mary nicht mitteilt. Er nimmt das Angebot an.

Spaß an einem Scherz teilen Alex und Mary nur selten, und noch seltener lachen sie zusammen; so ist es eben. Hope ist ein liebes Baby, aber Mary eine ängstliche, unglückliche Mutter. Zu Alex' Überraschung provoziert seine Entscheidung für die Neurologie einen neuen Streit übers Geld. Marys ältester Bruder, ein hohlwangiger Anwalt, immer in marineblauen Nadelstreifenanzügen, die ihm ein Zwerg auf dem Dachboden von Brooks Brothers passend für sein dürres, krummes Gestell schneidert, ist Partner in einer New Yorker Kanzlei, die die Vermögen der Superreichen verwaltet. Er bestellt Alex in sein Büro und redet Klartext. Wie kommst du dazu, sagt er, dir ein Fachgebiet auszusuchen, das dir nicht genug Geld für ein komfortables Leben eintragen wird? Wir denken, du hast ganz gut auf unsere Kosten gelebt, und es wird langsam Zeit, daß du anfängst, selbst für deinen Haushalt aufzukommen. Alex protestiert: Aber das tue ich doch, ich gebe mein Gehalt bis auf den letzten Cent her und alles, was ich sonst habe, noch dazu. Ein Tropfen auf den heißen Stein, entgegnet der Bruder, das reicht nicht. Alex ist verwirrt. Er fragt den Bruder, was von ihm erwartet wird. Such dir ein anderes Fachgebiet, ist die Antwort. Es stellt sich heraus, daß der Bruder auf Marys Geheiß bei dem einen oder anderen befreundeten Arzt Auskünfte eingeholt und erfahren hat, daß man sich in der Neurologie keine goldene Nase verdienen kann. Nur Kinderärzte werden noch schlechter bezahlt. Ich verstehe, sagt Alex, du meinst, ich soll mit Abtreibungen Geld machen. Der Bruder bleibt ganz kühl. Gynäkologie könnte selbstverständlich lohnender für dich sein, bemerkt er, aber das ist deine Entscheidung. Fürs erste, solange du deinen Verpflichtungen gegenüber der Familie nicht nachkommen kannst, ist ein Darlehensplan ganz in Ordnung. An jedem Monatsende wirst du Mary einen Schuldschein ausstellen in Höhe des Betrags, den sie für dich ausgelegt hat. Diese Wechsel sollen in sieben Jahren fällig werden, oder früher, falls ihr euch scheiden laßt. Unter uns gesagt, fügt der Bruder hinzu, ich glaube, sie sind nicht mal das Papier wert, auf dem sie stehen. Aber Mary geht es ums Prinzip.

Also verfahren sie entsprechend. Alex unterzeichnet die Schuldscheine, so wie sie ihm vorgelegt werden, und gibt sie Mary, die die Papiere ohne besonderen Kommentar an sich nimmt; sie sagt nur, wieviel Geld sie ausgibt und wieviel er ihr schuldet. Alex stimmt ihr zu, daß sie eine Menge ausgeben: Jetzt haben sie außer dem Hausmädchen auch Kinderfrauen, und bald kommt der Kindergarten noch dazu.

Jahre vergehen: Richard Nixon residiert im Weißen Haus, und Amerika versinkt in Südostasien im Morast. Alex ist in die Praxis des berühmten Neurologen an der Park Avenue eingetreten, hat eine Assistenzprofessur in der Klinik, veröffentlicht in wissenschaftlichen Zeitschriften Artikel, die so viel Aufmerksamkeit erregen, daß sie in den führenden Tageszeitungen und einigen Magazinen erwähnt werden. Hope geht auf die eleganteste Mädchenschule der Upper East Side, aber das Lernangebot – Alex hält es für bescheiden – entspricht womöglich nicht ihrer Entwicklung. Außerdem sind die Vorstellungen von gutem Benehmen, die die Schule und die Eltern von Hopes Mitschülerinnen haben, unvereinbar mit Marys Auffassungen. Diese tragen inzwischen starke Woodstock-Merkmale: Der Untergrund-Mann hat zwar den Bleimantel, der auf Mary lastet, nicht leichter gemacht, aber seine Ratschläge sind unschätzbar und folgenreich. Seine Zwillinge besuchen eine progressive Bildungsstätte, die kürzlich in einer Prachtvilla an der Fifth Avenue eröffnet wurde; dorthin wechselt auch Hope. Statt einer Schuluniform trägt sie lange Batikröcke und T-Shirts; von Miss Proper's Tanzstunde ist nicht mehr die Rede. Seine Schulden bei Mary sind Alex' Bleimantel. Er hat mit der Rückzahlung begonnen und muß sich für die laufenden Ausgaben nichts mehr von Mary borgen, vor allem seit sie sich endlich bereit fand, das Honorar für den Untergrund-Mann aus eigener Tasche zu bezahlen. Aber die Wechsel werden bald fällig, und Alex erwartet keine Nachsicht. Wenn es um Geld geht, ist Mary kein Blumenkind. Alex glaubt nicht einmal, daß sie es gut mit ihm meint. Er schläft jetzt auf der Bettcouch in dem Raum, den sie sein Arbeitszimmer nennen. Wenn er nachts wach liegt, versucht er sich vorzustellen, wie es ist, alt zu werden und den Rest seines

Lebens an der Seite einer Frau zu verbringen, die seine Feindin ist. Aus Fairneß nimmt er seine eigenen Gefühle unter die Lupe. Was er sieht, beschämt ihn.
Alex macht sich auch jetzt mehr aus Frauen, als er für richtig hält. Er achtet auf solche, die ihn attraktiv finden, darunter nicht wenige von Marys Freundinnen. Leichtherzige Affären, Partnertausch und Gruppensex, der dem Hörensagen nach an der West Side praktiziert wird, sind auch in Alex' und Marys Milieu in Mode gekommen. Aber Alex' übervoller Arbeitstag und die engmaschige Aufsicht durch seine Sekretärin, die Krankenschwestern in der Klinik und der Telefonauftragsdienst machen Ehebruch logistisch unmöglich, außer in dem Monat, in dem Mary verreist ist. Diese Gelegenheit nutzt er nicht aus, vielleicht weil die Frauen, die ihn offenbar attraktiv finden, dann ebenfalls die Stadt verlassen haben, vielleicht weil er nicht bereit ist, beim Zerschneiden des Ehebands mitzuhelfen. Alex' Eifersucht hat nicht nachgelassen, aber er ist in der Klinik und in der Praxis so beschäftigt, daß er sich seine Frage nach möglichen Rivalen nicht beantworten kann, denn Marys Alltag ist so gut wie undurchsichtig für ihn. Der Untergrund-Mann? Die Künstler mit Pferdeschwanz, die Mary zum Tee oder Cocktail besuchen und, wenn er zufällig auftaucht, die Wohnung fluchtartig verlassen, so daß nur ein leichter Cannabisdunst zurückbleibt? Alte Bekannte am North Shore, wenn sie dort mit Hope den August verbringt, während der Untergrund-Mann sich in den Kiefernwäldern von Cape Cod erholt? Er bekommt keine Antwort auf diese Fragen, es sei denn ihm genügt die Auskunft, daß sie ihn nicht will. Eines ist klar: Die Begriffe Trennung und Scheidung sind der Refrain von Marys Tiraden. Sie erklärt Alex, daß seine Abhängigkeit von ihr, sein Egoismus und sein Kontrollzwang eine

Pest sind. Sie will, daß er das Haus verläßt und die Ehe aufgibt. Als er sie inständig um Nachsicht bittet und verspricht, sich zu ändern, sagt sie: zu spät, sie habe kein Vertrauen mehr zu ihm. Alex starrt auf die Öde, die sich endlos vor ihm ausdehnt, und kapituliert. Er weiß, daß Hope ein nervöses Kind ist. Wenn er weggeht, wird ihr Leben vielleicht ruhiger oder sogar besser. Als er dem Kind erzählt, wie gut sie es zusammen haben werden, wenn er erst eine eigene Wohnung hat und mit ihr allein Ausflüge und Ferien machen kann, sieht Hope ihn kühl an und sagt: Ich weiß, Mami und du, ihr laßt euch scheiden. Dann erstarrt sie in Schweigen.

Alex trifft sich oft mit Otto, der die Universität verlassen hat und im East Village ein Café betreibt; dort lesen Dichter bis tief in die Nacht, häufig begleitet von Musik, aus ihren Werken, und man kann auch gewisse Drogen erwerben. An dem Abend, als Alex aus der Wohnung auszieht, in der er mit Mary gelebt hat, und sich in einem Apartmenthotel einquartiert, ruft er Otto an, weil er ihn besuchen möchte. Otto geht nicht ans Telefon. Alex überprüft die Nummer und versucht es noch einmal, ohne Erfolg. Am nächsten Tag findet er im Lokalteil der Zeitung die Erklärung: Der Besitzer einer Kneipe im East Village wurde vom Reinigungsdienst tot aufgefunden, man hat ihm die Kehle durchgeschnitten. Neben dem Artikel ist ein altes Foto von Otto abgedruckt.

Marys Scheidungsanwalt ist der Mann mit dem mageren Gesicht. Alex sieht ihn seit dem College zum erstenmal, jetzt in seiner Kanzlei, wo er die Papiere unterschreibt, die seine Ehe mit Mary beenden. Der Kerl ist noch genauso abscheulich wie eh und je und trägt inzwischen eine Melone. Er ist womöglich noch salbungsvoller als damals. Fehler machen wir alle, sagt er, weise sind wir dann, wenn wir nicht an ihrer Kette bleiben. Damit nährt er Alex' Verdacht, daß Mary die Gastfreundschaft dieses Mannes in Boston auf ihre Weise genutzt hat. Später sagt ihm sein eigener Anwalt: Eines Tages werden Sie ihr noch dankbar sein. Sie sind jetzt frei und können ein neues Leben beginnen. Auch diese Bemerkungen findet Alex salbungsvoll und reichlich impertinent.

Es ist das Jahr, in dem Saddam Hussein gefangengenommen wird.
Bald nach der Scheidung von Alex heiratete Mary den Mann mit dem mageren Gesicht und der Melone, sie gebar ihm zwei Kinder, ließ sich wieder scheiden und heiratete zum dritten Mal. Der derzeitige Gatte ist der Untergrund-Mann, nicht der erste seines Faches, der Trost bei einer Patientin fand. Hope bringt Alex gelegentlich Nachrichten von ihrer Mutter. Sie verstehen sich besser, Hope und ihr Vater, seit sie erwachsen ist. Er wünscht sich, daß sie von dem Mann loskommt, mit dem sie zusammenlebt, denn dessen Bindung an seine Ehefrau scheint über alles hinauszugehen, was er für Hope empfinden mag.
Und Alex? Marys harsches Urteil über ihn war nicht ganz unzutreffend. Ich sah für ihn fast nur Einsamkeit und Enttäuschung voraus. Die Unruhe und die Öde in seinem Leben nach der Scheidung bestätigten, was in den Karten stand. Dann kam eine lächelnde Dame, so schön und fein, daß alle, die sie sahen, glaubten, sie müsse eine verkleidete Prinzessin sein, schloß Alex in die Arme und löste den Fluch. Sie verwandelte ihn nicht aus einem Frosch wieder in jenen Alex zurück, der er vorher gewesen war; nein, ihre Zauberkraft war stärker: Sie machte ihn zu einem neuen

Mann, er ist besänftigt und voller Vertrauen. Bis zum heutigen Tag leben die lächelnde Dame und Alex glücklich zusammen.

Danksagung

Mein Dank gilt Professor Dr. Michaela Kopp-Marx für ihren unschätzbaren Rat bei der Vorbereitung dieser Heidelberger Poetikvorlesungen; Professor Dr. Helmuth Kiesel und Dr. Friederike Reents für ihre Gastfreundlichkeit, die meiner Frau und mir unsere Zeit in Heidelberg im November 2006 besonders angenehm gemacht hat; Dr. Christa Krüger, die alle meine Bücher ins Deutsche übersetzt hat, für die elegante und genaue Übersetzung dieser Vorlesungen und der Erzählung, die in diesen Band aufgenommen wurde.

Literaturwissenschaft und Kulturtheorie in der edition suhrkamp Eine Auswahl

Jan Assmann. Der Tod als Thema der Kulturtheorie. Todesbilder und Todesriten im Alten Ägypten. Mit zahlreichen Abbildungen. es 2157. 128 Seiten

Etienne Barilier. Gegen den neuen Obskurantismus. Lob des Fortschritts. Übersetzt von Ulrich Kunzmann.
es 2099. 180 Seiten

Roland Barthes
- Am Nullpunkt der Literatur. Literatur oder Geschichte. Kritik und Wahrheit. Übersetzt von Helmut Scheffel. es 2471. 203 Seiten
- Der entgegenkommende und der stumpfe Sinn. Kritische Essays III. Übersetzt von Dieter Hornig. es 1367. 319 Seiten
- Die Körnung der Stimme. Übersetzt von A. Bucaille-Euler, B. Spielmann und G. Mahlberg. es 2278. 404 Seiten
- Mythen des Alltags. Übersetzt von Helmut Scheffel. es 92. 168 Seiten
- Das Neutrum. Vorlesung am Collège de France 1977-1978. Übersetzt von Horst Brühmann. es 2377. 346 Seiten
- Das Rauschen der Sprache. Kritische Essays IV. Übersetzt von Dieter Hornig. es 1695. 404 Seiten
- Das Reich der Zeichen. Übersetzt von Michael Bischoff. Mit zahlreichen Abbildungen. es 1077. 168 Seiten
- Das semiologische Abenteuer. Übersetzt von Dieter Hornig. es 1441. 304 Seiten
- Die Sprache der Mode. Übersetzt von Horst Brühmann. es 1318. 384 Seiten

Benjamins Begriffe. Herausgegeben von Michael Opitz und Erdmut Wizisla. Zwei Bände. es 2048. 880 Seiten

NF 308/1/12.07

Elena Esposito. Die Fiktion der wahrscheinlichen Realität. es 2485. 127 Seiten

Ottmar Ette. Roland Barthes. Eine intellektuelle Biographie. es 2077. 522 Seiten

Erika Fischer-Lichte. Ästhetik des Performativen. es 2373. 378 Seiten

Jochen Hörisch. Brot und Wein. Die Poesie des Abendmahls. es 1692. 295 Seiten

Jochen Hörisch. Kopf oder Zahl. Die Poesie des Geldes. Mit Abbildungen. es 1998. 370 Seiten

Jochen Hörisch. Ende der Vorstellung. Die Poesie der Medien. es 2115. 292 Seiten

Konstruktionen praktischer Vernunft. Philosophie im Gespräch. Herausgegeben von Herlinde Pauer-Studer. es 2181. 304 Seiten

Hans Peter Neureuter. Brecht in Finnland. Studien zu Leben und Werk 1940-41. es 2056. 376 Seiten

Henning Ritter. Die Fassaden am East River. es 2158. 95 Seiten

Richard Rorty. Die Schönheit, die Erhabenheit und die Gemeinschaft der Philosophen. es 2149. 87 Seiten

Eckhard Schumacher. Gerade Eben Jetzt. Schreibweisen der Gegenwart. es 2282. 206 Seiten

Bernd Stiegler. Bilder der Photographie. Ein Album photographischer Metaphern. es 2461. 246 Seiten

NF 308/2/12.07

Peter Strasser. Journal der letzten Dinge. es 2051. 301 Seiten

Peter Strasser. Der Weg nach draußen. es 2177. 272 Seiten

Hans-Ulrich Treichel. Über die Schrift hinaus. Essays zur Literatur. es 2144. 240 Seiten

Robert Walser und die moderne Poetik. Herausgegeben von Dieter Borchmeyer. es 2107. 251 Seiten

NF 308/3/12.07

Louis Begley
im Suhrkamp Verlag

Ehrensachen. Roman. Übersetzt von Christa Krüger. Gebunden. 444 Seiten

Das Gelobte Land. Beobachtungen aus der Ferne. Herausgegeben von Christa Krüger. es 2217. 224 Seiten

Lügen in Zeiten des Krieges. Roman. Übersetzt von Christa Krüger. 232 Seiten. BS 1380. st 3466 und st 2546. 223 Seiten

Der Mann, der zu spät kam. Roman. Übersetzt von Christa Krüger. st 2881. 284 Seiten

Mistlers Abschied. Roman. Übersetzt von Christa Krüger. st 3113. 280 Seiten

Schiffbruch. Roman. Übersetzt von Christa Krüger. Gebunden und st 3708. 280 Seiten

Schmidt. Roman. Übersetzt von Christa Krüger. st 3000. 320 Seiten

Schmidts Bewährung. Roman. Übersetzt von Christa Krüger. Gebunden und st 3436. 314 Seiten

Venedig unter vier Augen. Zusammen mit Anka Muhlstein. st 3701. 158 Seiten

Wie Max es sah. Roman. Übersetzt von Christa Krüger. st 2695. 206 Seiten

NF 248/1/12.07

Frankfurter Poetikvorlesungen im Suhrkamp Verlag

Die Gastdozentur für Poetik an der Johann Wolfgang Goethe-Universität in Frankfurt/Main wurde zum ersten Mal im Wintersemester 1959/60 vergeben. Erste Dozentin war Ingeborg Bachmann. Diese Tradition wurde 1968 unterbrochen und 1979 vom Suhrkamp Verlag und der Universität mit Uwe Johnson fortgesetzt.

Jurek Becker. Warnung vor dem Schriftsteller.
es 1601. 90 Seiten (1989)

Peter Bichsel. Der Leser. st 2643. 99 Seiten (1981/82)

Elisabeth Borchers. Lichtwelten. Abgedunkelte Räume.
es 2324. 160 Seiten (2003)

Karl Dedecius. Poetik der Polen. es 1690. 135 Seiten (1990/91)

Tankred Dorst. Sich im Irdischen zu üben.
es 2451. 119 Seiten (2003)

Uwe Johnson. Begleitumstände. Mit Fotografien.
es 1820. 464 Seiten (1979)

Angela Krauß. Die Gesamtliebe und die Einzelliebe.
es 2389. 103 Seiten (2004)

Hermann Lenz. Leben und Schreiben. es 1425. 168 Seiten (1986)

Andreas Maier. Ich. es 2492. 151 Seiten (2006)

NF 311/1/12.07

Hans Mayer. »Gelebte Literatur«. es 1427. 119 Seiten (1986/87)

Christoph Meckel. Von den Luftgeschäften der Poesie.
es 1578. 119 Seiten (1988/89)

Robert Menasse. Die Zerstörung der Welt als Wille und Vorstellung. es 2464. 142 Seiten (2005)

Adolf Muschg. Literatur als Therapie? Ein Exkurs über das Heilsame und das Unheilbare. es 1065. 204 Seiten (1979/80)

Paul Nizon. Am Schreiben gehen. Mit Abbildungen.
es 1328. 137 Seiten (1984)

Oskar Pastior. Das Unding an sich.
es 1922. 127 Seiten (1993/94)

Patrick Roth. Ins Tal der Schatten.
es 2277. 176 Seiten (2001/2002)

Peter Rühmkorf. agar agar – zaurzaurim. Zur Naturgeschichte des Reims und der menschlichen Anklangsnerven.
es 1307. 185 Seiten (1980)

Marlene Streeruwitz. Können. Mögen. Dürfen. Sollen. Wollen. Müssen. Lassen. es 2086. 140 Seiten (1997/98)

Peter Sloterdijk. Zur Welt kommen – Zur Sprache kommen.
es 1505. 175 Seiten (1988)

Hans-Ulrich Treichel. Der Entwurf des Autors.
es 2193. 117 Seiten (1999/2000)

Martin Walser. Selbstbewußtsein und Ironie. es1090. 212 Seiten

NF 311/2/12.07

»Aesthetica« in der edition suhrkamp

Ulrich Baer. Traumdeutung. es 2253. 300 Seiten

Harold Bloom. Ein Topographie des Fehllesens. Übersetzt von Isabella Mayr. es 2011. 281 Seiten

Gilles Deleuze. Kritik und Klinik. Übersetzt von Joseph Vogl. es 1919. 208 Seiten

Gilles Deleuze. Die Logik des Sinns. Übersetzt von Bernhard Dieckmann. es 1707. 397 Seiten

Josef Früchtl/Jörg Zimmermann (Hg.). Ästhetik der Inszenierung. Dimensionen eines künstlerischen, kulturellen und gesellschaftlichen Phänomens. es 2196. 310 Seiten

Neil Hertz. Das Ende des Weges. Die Psychoanalyse und das Erhabene. Übersetzt von Isabella König. es 1939. 304 Seiten

Philippe Lejeune. Der autobiographische Pakt. es 1896. 204 Seiten

Paul de Man. Die Ideologie des Ästhetischen. Herausgegeben von Christoph Menke. Übersetzt von Jürgen Blasius. es 1682. 300 Seiten

Dieter Mersch. Ereignis und Aura. Untersuchungen zu einer »performativen Ästhetik«. es 2219. 250 Seiten

Eckhard Schumacher. Die Ironie der Unverständlichkeit. Johann Georg Hamann, Friedrich Schlegel, Jacques Derrida, Paul de Man. es 2172. 300 Seiten

NF 309/1/8.06